AF145874

Antonio di Gualdana

Blanka von Burgund

Trauerspiel in fünf Aufzügen

Antonio di Gualdana

Blanka von Burgund
Trauerspiel in fünf Aufzügen

ISBN/EAN: 9783744620628

Hergestellt in Europa, USA, Kanada, Australien, Japan

Cover: Foto ©Andreas Hilbeck / pixelio.de

Weitere Bücher finden Sie auf **www.hansebooks.com**

Blanka von Burgund.

Trauerspiel
in fünf Aufzügen.

— — Neſſun maggior dolore
Che ricordaſi del tempo felice
Nella miſeria. — —

Dante.

Leipzig,
bey Wilhelm Rein.
1795.

Blanka von Burgund.

Trauerspiel
in fünf Aufzügen.

Blanka. A

Personen.

Don Pedro, der Grausame, König in Kastilien.

Blanka, seine Gemahlin.

Don Fernando, Großmeister des Ritterordens von St. Jakob; des Königs Halbbruder.

Maria von Padilla.

Don Diego. ⎤
Don Juan. ⎦ ihre Brüder.

Don Alfonso, d'Albukerke, erster Geheimerrath des Königs.

Eloïs von Marcoussies, der Königin Gesellschafts-Fräulein.

Eleonore, Kammerfrau der Maria.

Don Emanuel Terzero, Anführer der Leibwache des Königs.

Alonzo, Stallmeister des Königs.

Oberhofmeister. Hofleute. Pagen.

(Szene: Kastilien. — Zeit: Das XIV. Jahr-hundert.)

Erster Aufzug.

Montalban.

Erster Auftritt.

(Garten mit Statuen, Springbrunnen, ꝛc.)

Maria.

Noch nicht da? — Es ist gewiß! die Burgun-
derin hat mir des Königs Herz geraubt. Blanka
ist glücklich — und Maria verspottet. Und ungerächt verspottet? Verlassen wegen einem andern
Weibe? — Aber, sie ist Königin! — ha! sey sie
Monarchin der ganzen Welt, sie ist ein Weib, wie ich!

Zweiter Auftritt.

Maria. Eleonore.

Maria. Kömmt er?

Eleonore. Ich sehe nichts!

Maria. Was willst du hier, einfältige Schwätzerin, wenn du nicht sagen kannst: er kömmt. — Geh! — Hinauf auf den Balkon, und nicht eher wieder zurück, bis du mir sagen kannst: er kömmt.

(Eleonore ab.)

Dritter Auftritt.

Maria.

Ach! wie ist mir? — Mein war Er? und nun? ist er es nicht mehr? Wer sagt mir, ob er mich verlassen hat? ob Blanka's zärtliche Seufzer die Eindrücke aus seinem Herzen verwehten, die mich zu seiner Gebieterin machten? ob ihre Küsse Mariens Bild verlöschten? — wenn das wär! — Ich weiß den Weg nach Valladolid zu finden, und diese Hand, welche oft so zärtlich die Hand des Königs drückte, kann auch einen Dolch fassen, ein

verschmähtes Herz zu rächen. — — Nein! Er
wird wieder kommen; er versprach mir's ja mit heiligen Schwüren. — Schwüre? Ach! was sind
Schwüre den Männern? eine Waare, deren Werth
nur der betrogene Käufer bestimmt. — Angeln, an
welchen sich getäuschte Herzen verbluten. — Liebes-
betheuerungen der Männer — Aengstliches Stre-
ben des Schmetterlings, der um die Rose bult.
Sie brechen Schwüre, um neue Betheuerungen
feil zu geben.

Vierter Auftritt.

Maria. Eleonore.

Eleonore. (kömmt eilig.) Gnädige Frau. —

Maria. Kömmt er?

Eleonore. Hoher Staub wölkt sich vor den
Hufen eines Rosses auf. Der Reuter kam über das
blache Feld. — Er ist schon um die Ecke herum. —
Hört Ihr den Hufschlag?

Maria. Wenn Er es wär! — Weißt du
nicht, ob Er es ist?

Eleonore. Ich konnte ihn vor Staubwolken nicht erkennen. — Ich will sehen. —

Maria. Nein, bleib! Ich will ihm selbst entgegen —

Eleonore. Er kömmt! — Es ist Alonzo! —

Maria. Nicht er selbst! (wirft sich auf eine Rasen-bank.) Wer weiß, was er mir sagen läßt. O! Maria! wie theuer kann es dir noch zu stehen kommen, daß dein Herz so stolz war, und daß deine Liebe einen König suchte.

Fünfter Auftritt.

Vorige.   Alonzo.

Alonzo. Glück, und viel Freude, gnädige Frau!

Maria. Wo ist der König?

Alonzo. Den Augenblick wird er hier seyn. Er hat mich vorausgeschickt es Euch zu sagen.

Maria. (springt auf.) Er kömmt?

Alonzo. So bin ich Zeit meines Lebens nicht geritten! Der Ritt kann meinem Rappen das Leben koſten.

Maria. Iſt der König wohl?

Alonzo. Jetzt, glaube ich, wird's ihm beſſer werden, da er Euch wieder näher kömmt. Zu Valladolid wollt's ihm nicht behagen.

Maria. Und die Königin? —

Alonzo. In der That, es wär beſſer geweſen, die junge Prinzeſſin wär daheim geblieben. — Getraut ſind ſie — aber der König ſieht ſie nicht an. — Sie gefällt ihm nicht —

Maria. Nicht?

Alonzo. Das könnt Ihr Euch ja leicht an den Fingern abzählen, weil er ſchon den zweiten Tag nach ſeiner Vermälung wieder hier iſt. — Die Königin Mutter iſt ſehr mißvergnügt, der wohlweiſe Albukerke ſchüttelt den Kopf, und Don Fernando ſchleicht ſo tiefſinnig herum, als wollte er einen Plan entwerfen, Granada zu überrumpeln. Kurz, der ganze Hof iſt in Beſtürzung.

Maria. Und Blanka?

Alonzo. Scheint sehr gelassen zu seyn. Ob sie es wirklich ist, das ist freilich eine andere Frage.

Maria. (vor sich.) Gewonnen!

Alonzo. Meine Botschaft ist überbracht. Erlaubt mir nun, gnädige Frau, daß ich mich nach meinem Rappen umsehe, welcher Euch zu Gefallen alle Eisen verlohren hat, kaum noch vom Flecke konnte, und sonst gar drauf gehen möchte.

Maria. Geh, Eleonore, und sorge vor gute Bewirthung unsrer Gäste.

(Alonzo und Eleonore gehen ab.)

Sechster Auftrit.

Maria.

Er kömmt! — Jetzt, Maria, halte ihn fest, daß ihn die Konvenienz nicht wieder aus deinen Armen reißt. — Blanka gefällt ihm nicht — was habe ich nun zu fürchten? — Und doch! — Will ich nicht eine Höhe ersteigen, welche so viele schon vor mir n i c h t erreichten? was wage ich? Unternehme ich nicht eine unmögliche Sache? Nein!

dies kann ich mir nicht selbst gestehen! (setzt sich auf
die Rasenbank.) Aber, wie viele wandelten schon
vor mir diesen lockenden Pfad, freudig hinauf,
und thränend hinab! Wie so manches Wei-
bes Aussteuer waren schon ihre Reize, und ihre
Morgengabe war — Reue! (stellt sich schlafend.)

Siebenter Auftritt.

Maria.   Der König.

König. (vor sich.) Schläft sie?

Maria. (vor sich.) Ha! da ist er!

König. Ja! sie schläft! — Sie träumt vielleicht von mir — Soll ich sie wecken?

Maria. (wie im Traum.) Pedro! — lieber
Pedro!

König. Sie träumt! sie nennt meinen Namen! Maria! Maria! erwache! ich bin hier.

Maria. (wie schnell erwachend.) Pedro! (springt
auf.) Pedro! (fällt in seine Arme.) Bist du endlich da?

König. Um mich nie wieder von dir zu trennen?

Maria. Ach!

König. Du seufzest?

Maria. Muß ich nicht?

König. Haft du mich nicht wieder?

Maria. Also hatte ich dich verloren? o! Männer! Männer! man sollte euch ewig fliehen, liebte man seine Ruh. Du wärst glücklich — und ich weinte einsam in traurigen Nächten, Thränen des Kummers.

König. Maria! — Kränke nicht mein Herz so sehr! — Wie könnte ein Weib in der Welt meine Liebe zu dir schwächen? Wie könnte es Blanka, die mir so unbedeutend ist, als der Gürtel, den sie mir schenkte.

Maria. Blanka schenkte dir ihn?

König. Er ist dein.

Maria. Ich verlange ihn nicht. Blanka liebt dich —

König. (macht einen sehr stark mit Steinen besetzten Gürtel los.) Nimm ihn —

Maria. Ich liebe dich, was frage ich nach allen deinen Schätzen. Entzieh mir nur dein größtes Kleinod, dein liebendes Herz, nicht.

König. Es ist dein auf ewig. Ich schwöre dir's bei allen Heiligen, bei meiner ritterlichen Ehre, so sehr ich die Königin verabscheue, so sehr liebe ich dich. — Nimm diesen Gürtel und trage ihn —

Maria. Laß doch der armen Königin, die dich liebt, wenigstens den Trost, ihr Geschenk an dir zu sehen. Sie liebt dich — Ach! wer könnte dich sehen, ohne dich zu lieben?

König. Wie gern säh' ich es, wenn meine Maria diesen Gürtel trüg, wie schön müßte er ihr stehen! — Ich bitte dich, nimm ihn.

Maria. Ich will der Königin nicht ihren Trost rauben — ich kann dir deine Bitte nicht abschlagen. Gieb her! Ich will nach diesem Gürtel mir einen andern machen lassen, dann tragen wir ihn beide.

König. (legt ihr den Gürtel um.) Ich verschenke nichts umsonst. — Was giebst du mir dafür?

Maria. (nimmt eine goldne Kette mit ihrem Bildniß und hängt sie ihm um.) Hier! Nimm das Bild von der, die dir schon längst ihr Herz, sich selbst, und alles gab, was ihre Armuth dir nur geben konnte.

König. (umarmt sie.) Wie reich macht mich Maria!

Achter Auftritt.

Vorige. Don Alfonso.

König. Der beschwerliche Sittenrichter ist mir gefolgt. Ich werde ihn aber sogleich wieder beurlauben. — Die Liebe bedarf keiner Zeugen, und Glückseligkeit nährt sich nicht mit moralischen Sentenzen. — (zu Alfonso.) Ich danke Euch für die Mühe der Begleitung —

Alfonso. Blos die abgetragene Schuld meines brennenden Diensteifers —

König. Ehe Ihr wieder nach Valladolid zurückgeht, habe ich nur ein paar Worte mit Euch zu sprechen. — Ich erwarte Euch sogleich, um Euch nicht aufzuhalten.

(ab.)

Neunter Auftritt.

Maria. Don Alfonso.

Alfonso. (sieht ihm nach.) hm! — — Weſſen Bild trägt der König?

Maria. (mit Prätenſion.) Ich fordre dem Ma-
ler das Geld wieder ab, wenn's mir nicht ähnlich
ſieht.

Alfonso. Es iſt nicht gut, und dient zu
nichts.

Maria. Was?

Alfonso. Der König darf das Bild nicht
tragen.

Maria. Wie?

Alfonso. Er beleidigt dadurch ſeine Gemahlin.

Maria. Ha! — Seine Gemahlin iſt nicht
ſeine Gebieterin.

Alfonso. Sie iſt Königin.

Maria. So mag ſie es ſeyn.

Alfonso. Sie darf nicht durch ſolche Poſſen
gekränkt werden.

Maria. Poſſen? — he! Poſſen?

Alfonso. Ihr werdet mich doch wohl nicht etwa gar bereden wollen zu glauben, es sey Ernst.

Maria. Warum nicht?

Alfonso. Das verhüte der Himmel! — Laßt's eine Lüge seyn, Sennora, so will ich Euch die Wahrheit schenken.

Maria. Sie wär zu wohlfeil im Kauf.

Alfonso. Werdet eine Pilgerin und bezahlt mit Muschelschalen.

Maria. Bis jetzt nimmt man von mir noch andre Münze. Ich bezahle —

Alfonso. Mit Bildern und Liebkosungen — 's ist auch leichte Waare.

Maria. Alfonso!

Alfonso. Nennt mich, wenn ich bitten darf, bei meinem Geschlechtsnamen, damit Ihr daran denkt, wer ich bin. Ihr werdet Euch auch zugleich erinnern, daß Ihr in meinem Hause, und Hoffräulein meiner Gemahlin wart.

Maria. Ich bin's nicht mehr. — Der König erwartet Eure Aufwartung.

Alfonso. Ich weiß es. Vorher habe ich Euch aber noch zu sagen, daß es mir thöricht gehantelt zu seyn scheint, sein Glück auf unbeständige Launen einer wilden Leidenschaft zu bauen. Bedenkt, wie es Euch ergehen wird, wenn es dem Könige in einigen Tagen einfällt, Euch nicht mehr schön zu finden.

Maria. Dabei habt Ihr nichts zu verlieren.

Alfonso. Aber Ihr.

Maria. Also bleibt es auch mir ganz allein überlassen, etwas, wenig, oder nichts, zu befürchten.

Alfonso. Maria! Maria!

Maria. (nachahmend und gel.) Nennt mich, wenn ich bitten darf, bei meinem Geschlechtsnamen.

Alfonso. Ich kann Euerm Vater die Schande nicht im Grabe anthun, er war ein edler Kastilianer. Und Ihr werdet zeitig genug einen andern Namen, wenigstens einen Beinamen, bekommen. Es ist in Euerm Stande so gebräuchlich. — Lebt wohl! (will fort.)

Maria. (hält ihn zurück.) Noch eins! (mit heimtückischer Schadenfreude.) Sagt mir doch, wo hat die Königin diesen Gürtel machen lassen?

Alfonso. (sieht erschrocken auf den Gürtel.) Das ist zu viel!

Maria. Vermuthlich in Frankreich? —

Alfonso. Der Königin Brautgeschenk Euch zu geben! — Bei Gott! die Thorheit trägt den Sieg über den Verstand davon, und Liebkosungen frecher Weiber machen aus Königen unbedachtsame Knaben, welchen ihr Kräusel um ein gutes Wort feil ist. — Maria! jede Thräne der Königin fällt brennend auf Euer Gewissen. Bedenkt, was Ihr thut. — Es ist schändlich! Spielet mit hundert Jünglingen, erobert jeden Augenblick hundert Herzen, brecht in jeder Minute tausend verliebte Schwüre, schwört eben so viele neue, und haltet keinen, — es ist wahrlich, so unerlaubt es auch ist, eher zu verzeihen, als daß Ihr ein sanftes Weib, eine unglückliche Gattin, zwingt, Thränen über Euch zu vergießen, und den Himmel gegen Euch aufzurufen. Jede Thräne, jeder Seufzer, alles, was Ihr dem kummervollen Herzen der Königin entpreßt, ist Eure Ausstattung, Eure Morgengabe, für die Tage Eurer Zukunft.

(ab.)

Maria. (sieht ihm nach.) Ihr habt zum letztenmale so mit mir gesprochen. — Eine Kreatur der Königin! Gut! Er steht von jetzt an mit auf der Liste (ironisch) meiner guten Freunde. —

Ein beschwerlicher Narr! — Ein Wunder, daß ihm die Hofluft noch nicht Kopfweh verursacht hat!

Zehnter Auftritt.
Maria.   Don Diego.

Diego. Der König? —

Maria. Ertheilt dem wohlweisen Don Alfonso d'Albukerke Abschiedsaudienz.

Diego. Das ist sehr gut! — Ein beschwerlicher Sittenrichter, den wir hier nicht brauchen könnten.

Maria. Und doch wohl! wenn wir einschlafen wollten.

Diego. Er könnte uns aber auch wieder aufwecken.

Maria. So müßte er uns wieder einschläfern! — Aber, im Vertrauen; er ist einer von den ersten, die wir dem Könige verdächtig zu machen suchen müssen.

Diego. Allerdings! — Seine Moralen sind weniger zu fürchten, als seine Handlungen und sein Anhang. Die Königin Mutter ist ihm blind

Blanka.   B

ergeben. Die Halbbrüder des Königs sind von sei‌ner Parthey. Am Hofe hält man ihn für einen weisen Mann, und seine schöne Frau vermehrt seinen Anhang.

Maria. Das stolze Weib! Wie sehr hat sie mich zuweilen gekränkt, als ich mich noch in ihrem Gefolge befand. Jetzt will ich es der zärtlichen Sennora wett machen. Wär es ihren Reizen ge‌lungen, den König zu fesseln, so hätten Prinzessin‌nen verschrieben werden müssen, ihr die Schleppe zu tragen. Jetzt muß man sie demüthigen.

Diego. Sie und ihren weisen Gemahl. —
— Der König kömmt!

Maria. Er hat mir die Zeit nicht lange ge‌macht!

Diego. Aber ihm die Zeit zu verkür‌zen — ?

Maria. Das ist meine Sache.

——————

Eilfter Auftritt.

Vorige. Der König.

König. Sieh da! Don Diego. Wie befindet ihr Euch?

Diego. Ich bin innigst erfreut, Ew. Maj. so wohl und vergnügt wieder hier zu sehen.

König. Ich müßte nicht bey Eurer schönen Schwester seyn, wenn ich mich nicht wohl befinden wollte.

Maria. Wie vergnügt, wie stolz könnte mich dieses machen, wenn ich wüßte, daß der König nicht scherzen wollte.

König. Kein Scherz, liebe Maria —

Maria. Wie glücklich, wie sehr zu beneiden bin ich!

König. Ich schwöre dir es, Maria, wenn meine Liebe dich glücklich, dich beneidenswerth macht, so bist du es ewig.

Zwölfter Auftritt.

Vorige. Don Alfonso.

Alfonso. Ew. Majestät —

König. Was habt Ihr noch zu sazen? Ich habe Euch beurlaubt.

Alfonso. Ein außerordentlicher Zufall treibt mich zurück. — Als ich eben auf mein Pferd steigen wollte, kam ein Kourier von Ihro Maj. Eurer Gemahlin an, und brachte diesen Brief an Ew. Maj. Ich wollte also nicht unterlassen, ihn selbst zu überreichen, und wenn es einer Antwort bedürfte, dieselbe mit mir nehmen, weil unmöglich jemand schneller als ich eilen wird, meiner gnädigsten Königin zu dienen.

König. Sehr verbunden! (nimmt den Brief) Diego! leset uns doch einmal den Brief vor.

Alfonso. (giebt seinen Unwillen durch eine Pantomime zu erkennen.)

Diego. (Erbricht und liest den Brief.)

„Theuerster Gemahl!"

„Was soll eine verwaiste Gattin ihrem fliehen-
„den Gatten nachrufen, wenn es nicht ein zärt-
„licher Zuruf ist, bald zurückzukommen, in ihre

„offenen Arme zu eilen, die sie ihm vergebens
„entgegenstreckte, und — "

König. Genug! (nimmt den Brief.) Der Anfang ist der Verräther vom Ende. (zu Alfonso.) Ihr wollt Antwort mit Euch nehmen? (zerreißt den Brief.)
Hier ist sie!

(ab.)

Diego. Grüßt Eure Frau Gemahlin von meinetwegen, wenn Ihr heim kommt.

(ab.)

Dreizehnter Auftritt.
Maria. Don Alfonso.

Maria. Schade! daß ich den zärtlichen Brief nicht ganz anhören konnte. (hebt die Stücke des zerrissenen Briefes auf.) Eine niedliche Hand! Ueber den hartherzigen Gemahl! nicht einmal das Talent einer guten Schreiberin an seiner Frau zu bemerken! und vielleicht hat sie sich viel Mühe gegeben.

Alfonso. Es ziemt Euch nicht, über Eure Königin zu spotten! (mit Ingrimm.) Es ist schändlich! Es verdient die Ahndung der ganzen Nation, die Ihr in ihrer Königin beleidigt habt.

B 3

(22)

Maria. Seyd Ihr der Sprecher der Nation?

Alfonso. Die gekränkten Rechte einer tugendhaften, unglücklichen Königin —

Maria. Was Ihr noch sagen wollt, mag alles recht artig seyn, — aber, verzeiht, wenn ich Euch bitte, Euch nach einer andern Zuhörerin umzusehen. — Erinnert Euch einer gewissen Maria von Padilla —

Alfonso. Einer gewissen — Kreatur, (entreißt ihr die Blätter des Briefs.) welche wenigstens diese Heiligthümer ehelicher Pflichten nicht entweihen soll!

(ab.)

Maria. (steht einen Augenblick betäubt, sprachlos. Dann schlägt sie sich heftig, ihm nachstarrend, mit der Hand vor die Stirn.) Hier das eherne Monument deines Namens, und dieser Beleidigung!

(ab.)

Zweiter Aufzug.

Valladolid.

Erster Auftritt.

Zimmer der Königinn.

Blanka. (ſitzt an einem Tiſche.)

Unſeeliges Schickſal, welches mich beſtimmte, Königin dieſes freudenleeren Reichs zu ſeyn! — O! Vaterland! ſchönes Burgund! weit glücklicher geht jedes Mädchen in dem geliebten Vaterlande aus ihrer niedern Hütte, als ich in die ſchim- mernden Palläſte, wo Gram und Kummer in den goldnen Winkeln lauſchen. (ſtebt auf.) Ach! wo ſeyd ihr hin, ihr ſchönen Tage, die ich in ungetrübter Freiheit genoß? wohin trug euch die Welle der Zeit? — Werde ich euch nie wieder- ſehen, reizende Gefilde, väterliche Haine, und die ſchönen Veſten burgundiſcher Fürſten, wo

Zwang und übelverstandene Etikette nie ihr qua-
lenvolles Hoflager aufschlugen? — Nein! ich
werde euch nicht wiedersehen. Dies Herz wird
nie vor Freude klopfen, wird nie froh einem geliebten Gegenstande entgegenschlagen; — ich werde
unglücklich bleiben, und einsam mein Leben in
banger Schwermuth vertrauern.

***

Zweiter Auftritt.
Blanka. Elois.

Blanka. Elois! vaterländische Freundin!
Du einzige, in deren Busen ich meinen Jammer
ausschütten kann — komm' an meine Brust —
Du fliehst nicht die Umarmung der unglückli-
chen Königin. — Du weinst? — liebe, gute
Seele! — Diese Thränen sind der einzige
Schatz der burgundischen Mädchen, um den uns
kein grausamer König betrügen kann.

Elois. O! könnte ich mehr für meine Königin thun, als meine Thränen mit den ihrigen
vermischen! — Wenn Eure Schwestern, Eure
Brüder wüßten, wie man mit Euch verfährt!

Bald würden Frankreichs Lilien über den Pyrenäen wehen. Die edlen Ritter würden ihre Waffen ergreifen, und ihre Rosse beflügeln, Eure
Schmach zu rächen.

Blanka. Nein! ich will nicht, daß Frankreichs Edle, einer unglücklichen Königin wegen,
deren es so viele giebt! die Waffen ergreifen sollen, und meine Brüder mögen ihr Blut für das
Vaterland, nicht wegen ihrer Schwester vergießen,
welcher das traurige Loos fiel, Kastiliens Königin
gescholten zu werden.

Elois. Wie verächtlich Euch der König begegnet, Eure zärtlichen Briefe so kränkend be-
antwortet! die schändliche Maria schleppt er hieher, Euch unter die Augen; alle Kräfte bietet
er auf, grausam gegen Euch zu seyn, und Euch
vor den Augen seiner Buhlerin zu beschimpfen; —
Bei Gott! säh dies der geringste Ritter Frankreichs, es kostete dem Könige das Leben.

Blanka. Sprich nicht so laut, wir sind
überall, fürchte ich, mit Verräthern umgeben.

Elois. Ich kenne auch hier einen Mann,
der Eure Schmach rächen, und sich Eurer Liebe
würdig machen wird —

B 5

Blanka. Elois!

Elois. Ein schöner, edler Mann —

Blanka. Rede nicht weiter —

Elois. Seine Blicke verrathen sein gefühl⸗
volles Herz, sein Auge weissagt den Zustand sei⸗
ner Seele. Traurig irrt er umher, seufzt den stil⸗
len Hainen seine Klagen vor, jammert über die
Ungerechtigkeiten des Königs — und leidet viel⸗
fach —

Blanka. Ich bedaure ihn! —

Elois. Er wünscht Euch sagen zu können,
was er für Euch erdulbet, wünscht Euch seine
Hülfe anbieten zu dürfen, seine Plane, seine
Entwürfe mittheilen zu können. — Wenn Ihr
wüßtet, wen ich meine!

Blanka. Nenne seinen Namen nicht — ich
errathe ihn.

Elois. Wie?

Blanka. Ach! Elois! — Ich bin un⸗
glücklich, aber Gott verhüte, daß ich je pflicht⸗
vergessen werde. — Ich bin die Gemahlin
des Königs — und er, ist des Königs Bruder,
Fernando!

(ab.)

Elois. Fernando! — ja er ist es! — das
Herz sagt Unglücklichen den Namen verschwister-
ter Seelen. — Unglückliche Königin! ein Opfer
des schimmernden Kronengoldes! dein edles Herz
kennt keinen Ruf, als den der Pflicht und Tugend, und deine Thränen fallen auf dürren Boden, erreichen nicht das Herz eines Wüthrichs,
den deine bebenden Lippen Gemahl nennen!

(ab.)

Dritter Auftritt.

(Garten. Im Vorgrunde Bäume, im Hintergrunde und au
der rechten Seite Gebüsch und eine Grotte.)

Don Fernando (liegt schlafend unter einem Baume auf einer Rasenbank.) Maria.
Eleonore.

Maria. He! erwünscht! — Jetzt hab' ich
ihn allein! — Fernando! wüßtest Du, was ich
für Dich empfinde! wolltest Du meine Blicke ver-
stehen! wer könnte unsrer vereinten Macht wider-
stehen, wer unsern Planen und Entwürfen einen
Damm entgegen setzen? wir liebten — und re-
gierten.

Fernando. (seufzt im Schlafe.)

Maria. Er seufzt? — Ach! dieser Seuf-
zer gilt nicht Marien, die dich liebt! (sie tritt
näher zu ihm.) Thränen auf seinen Wangen? —
Sollte er —? Seine Schwermuth, seine bleichen
Wangen, sein trüber Blick —! Sind dies nicht
Zeugen einer geheimen Liebe? — Er sucht die
Einsamkeit! er liebt! O! daß doch ich der Gegen-
stand seiner Liebe wär.

Eleonore. Gnädige Frau! — hier liegt
eine Schreibtafel.

Maria. Gieb her!

Eleonore. (Hebt sie auf.) Dies Blatt ist mit
Versen beschrieben.

Maria. Zeig doch! — ja! — Verse? Vielleicht Verräther seiner Liebe. (liest.)

Nie darf Sie meine Leiden wissen,
Für die dies Herz sich klopfend hebt,
Stets werd' ich schweigend dulden müssen
Vom Stral der Hoffnung nie belebt. —
Die Ehrfurcht bricht der Liebe Ketten,
Verschließt gebietend mir den Mund.
Ich bin verloren! — Mich zu retten,
Macht niemand mir ein Mittel kund.

Eleonore. Sonderbar!

Maria. Ehrfurcht? — Ehrfurcht? —
Wem seine Liebe unter allen Damen des Hofs,
zu gestehen, könnte des Königs Bruder, Ehrfurcht abhalten? — Vielleicht mir? mir selbst?
— Furcht wohl — aber Ehrfurcht? nein!
an mich dachte Fernando nicht, als er dieses
schrieb. — — Wie? welch ein Gedanke keimt
in meiner Seele? — Ja! bei Gott! das ist kein
bloßer Argwohn! — Ehrfurcht! Ehrfurcht!
er liebt, so wahr ich ihn liebe, seines Bruders
Gemahlin — er liebt die Königin! — — Dies
hätte ich längst vermuthen sollen! Sein schmach-
tender Blick, seine zärtliche Miene, die Stille in
ihrer Gegenwart — ja! es ist gewiß! er liebt die
Königin! — Gewißheit zu haben — hm! —
so sey es! (sie schreibt in die Schreibtafel.)

Eleonore. Armer Schläfer! Dein Geheimniß ist Dir im Traume geraubt worden! Umsonst
glaubst Du nur Büsche und Bäume zu Deinen
Vertrauten gemacht zu haben — Deine zärtlichen
Empfindungen sind weit besser aufgehoben.

Maria. So! — Leg die Schreibtafel wieder an ihren Ort,

Eleonore. (legt die Schreibtafel hin.) Er scheint
sich zu regen!

Maria. Still! in jener Grotte wollen wir
ihn belauschen.

(sie gehen in die Grotte)

Vierter Auftritt.
Don Fernando.

(er erwacht.) Ach! — (er richtet sich auf.) Wie schnell
entflieht die Seeligkeit der goldnen Träume!
(steht auf.) Im Traume — aber nur im Traume,
war sie bei mir! Diese Hand hielt die ihrige,
und ihre Augen sagten mir — was mir ihr
holder Mund nie sagen wird (hebt die Schreibtafel auf.)
Wie? — was seh ich? — Wer hat die Verse
gelesen? wer hat eine Antwort darunter geschrieben? bei Gott! eine Damenhand! (liest.)

Warum willst Du allein im Stillen klagen,
Zu seufzen nur, und nicht zu reden,
wagen?
Der Stand ist mir ein Spiel für sanfte
Herzenstriebe;
Entdecke Dich; — und keine Furcht besiege
Deine Liebe.

— Sollte wohl? — wär's möglich! Gedanke,
den ich kaum zu denken wage! Hat sie dies wirklich geschrieben? Blanka! Blanka! dürfte ich es
wagen, Dir meine Liebe zu gestehen? — Hat sie
dies geschrieben? Diese Zeilen — kommen sie
von Deiner schönen Hand? (küßt die Schrift.) O!
Blanka! Blanka! wie glücklich machte die Gewißheit mich Unglücklichen! Himmel! Hast Du Erbarmen mit mir Elenden, hast Du Mitleid mit
dem Leidenden, so hat Blanka dies geschrieben,
und Fernando ist unaussprechlich glücklich!

(ab.)

Fünfter Auftritt.

Maria. Eleonore.

Eleonore. Ihr habt Euch nicht geirrt, gnädige Frau!

Maria. Wie gern hätte ich mich geirrt!

Eleonore. Was wird er jetzt beginnen?

Maria. Ich fürchte vielerlei, und wünsch-
te doch so manches hoffen zu können. Zerstö-
ren muß ich seinen Plan. Kann ich nicht von

ihm geliebt werden, so soll ihn auch die sogenannte Königin nicht lieben. Durch meine Liebe
wär er König, durch seine Liebe soll er fallen
und mit ihm die geliebte Schattenkönigin.

————

Sechster Auftritt.

**Vorige. Der König. Don Alfonso.
Don Diego.**

König. Nach und nach wird unser ganzer
Hof sich in Einöden begeben. Bisher suchte man
nur den schwärmerischen Don Fernando an solchen
Oertern auf, und jetzt muß man sogar die schöne
Maria eben da suchen. Der Hang zur Einsamkeit
und ein übles Beispiel steckt an, wie es scheint. —
Nur mit dem Unterschied, daß man mehr dabei
verliert, Euch nicht zu sehen, als meinen Bruder.

Maria. Wer weiß, was der König verliert,
so oft er seinen Bruder nicht sieht.

König. Deutlicher!

Maria. Wenigstens — die Gesellschaft der
Königin. — Die Französischen Damen sind wegen
ihrer Galanterie berühmt.

König. Das sagt ja nicht. Blanka ist die Tugend selbst, und wenn Ihr's nicht glauben wollt, so fragt nur deshalb meine Mutter und all die Herren und Damen des Hofs. Ich glaube wahrlich! diese ehrlichen Leute würfen mir selbst einen Prozeß an den Hals, wenn ich das Gegentheil zu sagen wagte. — Ich will wahrhaftig vor dem Augenauskratzen sicherer seyn, wenn ich an der Tugend aller Hofdamen zweifle, als wenn ich es wagen wollte, die Königin nicht für so unschuldig, als ein Kind in Mutterleibe zu halten.

Maria. Ihr seyd bei Laune.

König. Weil ich bei Euch bin.

Maria. Ihr seyd nicht eifersüchtig?

König. Ich würde es seyn, wenn ich wüßte, daß Fernando meine geliebte Maria liebte. Für Blanka hat mein Herz keine Empfindung, habe ich keine Eifersucht.

Alfonso. Die Königin verdient ihres Gemahls Hochachtung vollkommen, und nur der Neid, der grämliche Schatten der Tugend, kann ihr ein Diadem zu entreissen suchen, welches ihr Seelenadel, unbescholtene Sitten und Herzensgüte flochten.

Blanka.   C

König. Meint Ihr? (ironiſch.) Don Alfonſo d'Albukerke muß man ſchon ſo etwas glauben! — Aber, was hattet Ihr mir zu ſagen?

Alfonſo. Die unterthänige Bitte der Stände des Landes, um das Leben des unglücklichen Don Roderich von Peſtello —

König. Er ſtirbt!

Alfonſo. Ew. Majeſtät werden ſich der treuen Dienſte ſeines Vaters erinnern —

König. Der Vater war ein Narr — der Sohn iſt ein Schurke —

Alfonſo. Sein Verbrechen —

König. Iſt allbekannt! Er hat verächtlich von mir und Marien geſprochen — er iſt des Hochverraths ſchuldig — er ſtirbt! (zornig.) Kein Wort weiter! Bin ich nicht König? Kann ich nicht thun, was ich will? Haben meine Stände mir, oder ich Ihnen vorzuſchreiben? Ich weiß es, ſie hetzen das Volk gegen mich auf. Aber, nur Geduld, es giebt in Kaſtilien mehr Klingen als ungetreue Vaſallenköpfe! — Roderich ſtirbt, Don Diego von Padilla folgt ihm in der Würde eines Oberkammerherrn, und iſt zugleich Großmeiſter des Ritterordens von Kalatrava.

Diego. Allergnädigster König und Herr —

König. Ich weiß Verdienste zu belohnen, aber ich verlange auch unbegränzten Gehorsam, die tiefste Ehrfurcht und die strengste Befolgung meiner Befehle. Niemand erkühne sich, meine Handlungen zu untersuchen. Unbedingter Gehorsam ist die Pflicht der Unterthanen gegen ihren König. Deshalb hat der Himmel Könige gesetzt, und ihnen das Schwerd mit dem Zepter zugleich ertheilt. Dies ist meine Meinung und mein Wille: Heilig ist die Person des Königs, heilig sey sein Gebot. Ein Rebell, wer gegen meine Handlungen murrt, und sterben muß, wer seinen König nicht ehrt.

(ab.)

Siebenter Auftritt.

Maria. Don Alfonso. Don Diego. Eleonore.

Alfonso. (zu Marien.) Laßt den König doch nicht allein, Er suchte Euch ja auf.

Maria. Träumte Euch nicht einmal, Ihr wärt des Königs Günstling?

Alfonso. Wir wollen nach einigen Monden einander fragen, was uns seit der Zeit träumte.

Maria. Mir träumte mehr als einmal schon: Don Alfonso sey ein Pfau.

Alfonso. Aber nicht zum Vorspann vor Euern Wagen, Frau Juno.

Maria. (getroffen — mit verzogener Geberde.) Wie witzig!

Alfonso. Wirklich? findet Ihr das? Geht! sagt's dem Könige, vielleicht würdiget er mich noch der Ehre (ironisch und bitter.) in meinem Alter, sein Spasmacher zu werden, wenn er mich nicht mehr als Geheimer Rath brauchen kann! — O! Kastilianer! Kastilianer! seyd ihr dieses Namens auch noch werth? — Besorgt Euern Ornat Don Diego, und laßt Euer Schwester zu den Euch ertheilten Ehrenstellen gratuliren.

(ab.)

Achter Auftritt.

Maria. Don Diego. Eleonore.

Diego. Wie?

Maria. Der weise Herr wird ironisch.

Diego. Sollte es ihm nicht gereuen?

Maria. Ich denke! — Sieh! dort kömmt Don Fernando die Allee herunter. Eile dem Könige nach und halt' ihn zurück, ich habe etwas mit dem Sonderlinge zu sprechen.

Diego. Doch nicht –

Maria. Fürchte nichts! (mit Bezug.) Du kennst mich ja.

Diego. Nur behutsam! Ich hoffe, Du kennst Deinen Mann. Er ist des Königs Bruder. Sein Stolz, sein Ehrgeiz — Er ist ein Feuer, welches über sich brennt, und lieber verlöscht es, ehe es unter sich brennt.

(ab.)

Eleonore. Geht Ihr heute zur Kour, gnädige Frau?

Maria. Ich weiß es selbst noch nicht. Geh nur!

(Eleonore ab.)

Neunter Auftritt.

Maria.

(setzt sich auf die Rasenbank, macht ihren Blumenstrauß aus einander und bindet ihn wieder zusammen.) Jetzt, Liebe, steh mir bei! Von dieser Unterredung hängt alles ab. O! Fernando! wenn du wüßtest, wie mir das Herz schlägt, du würdest den Werth des Preises erkennen, der deiner harrt am ausgesteck= ten Ziele. Der König ist nun mein — und ich verschenkte dieses Herz so gern um einen andern Preis, als um den Schimmerglanz des lichten Kronengoldes.

Zehnter Auftritt.

Maria. Don Fernando.

Fernando. (langsam und nachdenkend, erblickt Marien, und will weiter gehen.)

Maria. Nur näher!

Fernando. Wenn ich Euch nicht störe —

Maria. Wie kömmt's, daß man Euch so wenig sieht?

Fernando. Mich?

Maria. Ihr liebt, wie es scheint, die Einsamkeit; — auch ich liebe diese Freundin zärtlicher Klagen und Gefühle — wir schicken uns also recht zusammen. — Es scheint mir, Prinz, als hättet Ihr etwas Wichtiges auf Euerm Herzen. In Euerm Alter flieht man sonst nicht alle Lustbarkeiten so willig wie Ihr. — Warum seht Ihr immer auf die Erde? Seyd Ihr in die Erde verliebt?

Fernando. Dann hätte ich so viele Nebenbuhler, als sie Königreiche und Provinzen hat.

Maria. Artig gesagt; aber diese lakonische Antwort befriedigt mich nicht. — Ihr seyd also wirklich verliebt? und vermuthlich, weil Ihr so traurig seyd, in einen Gegenstand verliebt, von dem Ihr keine Erhörung zu hoffen habt. — Das ist nicht gut. Liebt, was Euch wieder liebt, wenn Ihr glücklich seyn wollt —

Fernando. Maria!

Maria. (steht auf.) Wollen wir Freunde seyn? (Giebt ihm den Blumenstrauß, und drückt ihm die Hand.)

Fernando. (betrachtet den Strauß aufmerksam.)

Maria. (vor sich) Glücklich erfundene Spra= che liebender Maurinnen, die uns die Worte er= spart!

Fernando. Ach!

Maria. Dieser Seufzer galt nicht meinem freundschaftlichen Händedrucke, das lese ich in Euern Augen.

Fernando. (bestürzt.) Ich verstehe Euch nicht! —

Maria. Weil Ihr nicht wollt. — Aber ich verstehe Euch. (vertraut.) Ich weiß um das Geheimniß Eurer Liebe —

Fernando. (in Verlegenheit.) Was wüßtet Ihr?

Maria. Ruhig! — Ihr wißt, was ich beim König vermag. Entscheidet also selbst, ob ich mich Eures Geheimnisses nicht zu Euerm Verder= ben bedienen könnte, wenn ich nicht so sehr Eure Freundin wär.

Fernando. Wie? Maria?

Maria. Was könnt Ihr von Eurer Liebe zu der **Königin** hoffen?

Fernando. Zu der Königin?

Maria. Läugnet nicht! Ich weiß es gewiß, daß Ihr die Königin liebt. — Fernando! Eure Bemühungen um Blanka ließen Euch nicht Zeit (zärtlich.) Marien zu bemerken. Ihr seufztet, (schmachtend.) indeß man um Euch seufzte. (mit Koketterie.) Laßt uns nicht mehr seufzen — wir können beide glücklich seyn!

Fernando. Verstehe ich Euch recht?

Maria. Ihr entpreßt mir die Worte mit Gewalt: Ich liebe Euch! Aber, glaubt nicht, daß ich Euch ungestraft zum Vertrauten meines größten Geheimnisses gemacht habe, wenn ich mich ferner verachtet, verschmäht, sehen sollte. Ich würde mich rächen — und die Königin wär verloren —

Fernando. Wer würde nicht willig Eurer Schönheit huldigen? Wer würde sich nicht glücklich schätzen, von Euch geliebt zu werden? Aber — Ihr seyd die Geliebte eines Königs, der —

Maria. Was wollt Ihr damit sagen?

Fernando. Ich weiß, was ich dem Könige schuldig bin.

Maria. (halb ärgerlich.) O! über den gewissenhaften Mann! Der Königin würdet Ihr diese Antwort gewiß nicht geben, wenn sie Euch zärtlich den Schlüssel zu ihrem Zimmer in die Hand drückte.

Fernando. (aufgebracht.) Maria! was saget Ihr?

Maria. (als wenn sie nicht darauf gehört hätte, fährt mit Präzision fort.). In zwei Tagen geht der König nach Toledo. Nach Euerm Belieben könnt Ihr Euch ausbitten, ihm dahin folgen zu dürfen, oder nicht. Vor einer abschläglichen Antwort sichre ich Euch. — Bedenkt, daß es gefährlich ist, mich hoffnungslos leiden zu lassen, und daß ein Weib dem Verächter ihrer Reize nie vergiebt, daß auch ich ein Weib bin, und daß ich nicht ungerächt schaamroth zu bleiben willens bin.

(ab.)

Fernando Maria! Maria! was wollt Ihr thun?

(Eilt ihr nach.)

Dritter Aufzug.

(Gallerie mit offenen Glasthüren, Fenstern und mit der Aussicht nach dem Garten.)

Erster Auftritt.

Don Diego (im Ornat als Großmeister des Ritterordens von Kalatrava.) Don Juan (auf- und abgehend.)

Juan. Ob der König wohl lange bei der Kour verweilen wird?

Diego. Schwerlich! seine Gemahlin ist ja dabei.

Juan. Wie kömmt's, daß die Königin von Don Fernando in den Saal geführt wurde?

Diego. Er war unterwegs auf sie getroffen, und der Oberhofmeister war dem Prinzen des königlichen Hauses gewichen.

Juan. Der König bewegte sich auch nicht einmal von seinem Sitze, als die Königin eintrat.

Diego. Alles war betroffen, und Fernando'n kostete es viel Müh, seine Gemüthsbewegungen zu verbergen. Der Königin stunden die Thränen in den Augen.

Juan. Die arme Königin! Schade, daß sie so schön ist!

Diego. Der Gürtel thut seine Wirkung vortrefflich.

Juan. Sag doch, wie ist das mit dem Gürtel?

Diego. Marie ließ nach dem Gürtel, welchen ihr der König schenkte, und den er von seiner Gemahlin zum Brautgeschenk erhalten hatte, einen andern Gürtel machen, weil er verlangte, daß sie ihn tragen sollte. Sein Gürtel wurde mit gewissen Kräutern, Steinen, und was weiß ich, womit noch, von einem hocherfahrnen Juden ausgestopft, und diese haben die Kraft, dem Könige, wenn er sich mit dem Gürtel gürtet, Lendenweh, Seitenstechen und mancherlei Schmerzen zu verursachen. Man hat ihn weiß gemacht, Blanka habe den Gürtel auf Frankreichs Anstiften vergiften lassen, um ihn selbst zu vergiften. Dadurch hat sein Haß gegen die Königin jetzt völlig den Gipfel erreicht.

Juan. Sie wird aus dem Wege müssen.

Diego. Sie und ihr Vielgetreuer, Don Fernando.

Juan. Ein gefährlicher Mann für uns! Wenn er, geliebt und geehrt von den Kastilianern, zu früh gegen den König aufträt, den das Volk schon so sehr haßt, so wär es um den König, um uns und um alle unsre Plane geschehen.

Diego. Nacht — eh' es Morgen wird.

Zweiter Auftritt.

Vorige. Don Emanuel. Der König. (hernach.) Maria. Don Alfonso. Hofleute.

Emanuel. Der König bricht auf.

König. (kömmt mit dem Gefolge und geht vorüber. Ihm folgen: Alfonso, Juan, Emanuel, Hofleute.)

Maria. Euern Arm, Bruder!

Diego. Was macht der König?

Maria. (ironisch.) Er wird nachdenkend.

Diego. Vortrefflich!

(beide ab.)

Dritter Auftritt.

Blanka (geführt von dem) **Oberhofmeister.**
Elois. (hernach.) **Don Fernando.**

Oberhofmeister. (führt die Königin bis zur Thür eines Seitenzimmers.)

Blanka. (beurlaubt ihn.)

(Oberhofmeister geht.)

Elois. (winkt, ohne daß es Blanka bemerkt, hinter sich.)

Fernando. (kömmt, und nähert sich langsam mit Ehrfurcht und Zärtlichkeit der Königin.)

Elois. (tritt zurück.)

Blanka. (wird Fernando gewahr.) Fernando?
was wagt Ihr?

Fernando. Euch zu sprechen, Euch zu sagen, daß gewiß ein gerechter Zorn sich meiner
Seele bemeistert, wenn ich sehen muß, daß eine
Königin, welche die Huldigung der ganzen Welt
verdient, von einem Manne, der seines Glücks
nicht werth ist, so kränkend behandelt wird.

Blanka. Ach!

Fernando. Ihr seufzet, schöne Blanka? o!
daß ich so glücklich wär, diesen Seufzer zu meinem
Glücke auslegen zu dürfen!

Blanka. Ich werde den Mann, der mich
verachtet, nie beleidigen.

Fernando. Werdet Ihr ihn lieben?

Blanka. Er ist mein Gemahl.

Fernando. Ein Ungeheuer, das mit jedem
Athemzuge auf Mord sinnt, sich allen Edlen des
Reichs verhaßt macht, und kein Herz zu schätzen
weiß.

Blanka. Es sollte Euch schwer fallen, dies
zu beweisen.

Fernando. Wie?

Blanka. Ich will Euch vom Gegentheile
überzeugen.

Fernando. Vom Gegentheile?

Blanka. Seine Liebe zu Marien klagt Euch
laut des Irrthums an.

Fernando. Diese Liebe zu Marien, sollte
sie nicht —

Blanka. Sie hatte heute viel an uns zu
beobachten. — Prinz, ich denke, es ist in jedem
Falle sehr gut, wenn wir nicht mehr allein mit
einander sprechen.

(mit Stolz ab.)

Vierter Auftritt.

Don Fernando.

Blanka! um Deinetwillen leide ich! ster-
ben will ich für Dich, aber nie kann ich aufhören,
Dich zu lieben! Welche Gefühle theilen diese
Brust, zerrissen dies Herz! — Und in dieser Lage

dem Könige nach Toledo zu folgen? — Mariens Zu‐
bringlichkeit ausgesetzt zu seyn? — Ach! was soll
aus mir werden!

Fünfter Auftritt.

Don Fernando. Don Alfonso.

Alfonso. Ihr werdet also, wie ich gehört
habe, mit nach Toledo gehen?

Fernando. Der König hat mir es erlaubt.

Alfonso. So werdet Ihr mit Marien allein
reisen —

Fernando. Allein mit Marien?

Alfonso. Ihre Brüder sind so eben beordert,
voran zu gehen.

Fernando. Und der König?

Alfonso. Lacht mit mir über die feinen Hof‐
kabalen! Ich sah es längst voraus. Maria wird
sich nicht lange mehr halten, denke ich.

Fernando. Wie so?

Blanka.   D

Alfonso. Denkt nur, der feine, geschmeidige Graf Monterrano hat den König überredet, mit ihm auf sein schönes Schloß bei Kuellar zu reisen. Von dort will er nach Teledo kommen. Ich denke aber, es möchte sobald nicht geschehen. Der Graf spielt eine artige Hofintrike.

Fernando. Nun?

Alfonso. Des Grafen Niece, die blutjunge Wittwe des Diego de Haro, Juanna de Kastro, hält sich auf seinem Schloße auf. Sie soll das schönste Weib im ganzen Königreiche seyn — und, merkt Ihr es? — Es gilt Marien. — Was opfert ein solcher Hofmann für einen freundlichen Blick nicht seinem gnädigsten Souverain alles auf! — Prinz! wir leben in bösen Zeiten.

Fernando. Gebe der Himmel bald bessere.

Alfonso. Laßt sie uns suchen.

Fernando. Was können wir thun?

Alfonso. Wenn Ihr nicht wißt, was zu thun ist, so weiß ich es freilich auch nicht.

Fernando. Wenn geht die Sonne unter?

Alfonso. Ungefähr in drei Stunden.

Fernando. Wenn wir also im Kühlen spazieren gehen wollen, ehrlicher Alfonso, so müssen wir wohl die paar Stunden noch abwarten, bis sie untergegangen ist. — Ihr geht nicht mit nach Toledo?

Alfonso. Der König hat mir Geschäfte hier aufgetragen.

Fernando. Gott mit Euch!

Alfonso. Edler Prinz, denkt zuweilen an den alten Alfonso. Lebt wohl! Eine Reise von zwei Meilen erfordert zu unsern Zeiten ein so inniges Lebewohl, als ging's über die Pyrenäen. — Falschheit und Tücke läuft mit starken Schritten durch unser Reich; Ehrlichkeit und Edelmuth sind zu Podagraisten geworden.

Fernando. Wohl wahr, ehrlicher Alfonso!

Alfonso. (innig.) Ich bleibe der guten Sache getreu.

Fernando. Lohne es Euch Gott!

Alfonso. Noch ein Wort. — Ihr geht zeither immer so finster und düster umher — irgend ein Entschluß brütet in Eurer Seele. Dürfte ich rathen?

Fernando. Das Geheimniß ist ein Feind der Zunge. — Nicht jede Frucht ist reif, die man am Baume sieht.

Alfonso. Aber, wenn sie reift?

Fernando. Dann theilen wir sie.

Alfonso. Euer Wort!

Fernando. Hier, meine Hand. — Lebt wohl!

Alfonso. Lebt wohl! wir scheiden — wer weiß, ob wir uns wiedersehen. Ihr wißt ja, wie es jetzt zugeht. (vertraut.) Ein ehrlicher Mann ist jetzt seines Lebens keine Sekunde sicher. Ehrlichkeit ist eine verrufene Münze — aber unter uns, nicht wahr, bleibt sie im Kours, wie vor und nach?

(Sie drücken sich die Hände, küssen sich und gehen auf verschiedenen Seiten ab.)

———

Sechster Auftritt.

(Garten.)

Blanka. Elois. (in einer Laube sitzend.)

Blanka. Wird es denn heut gar nicht kühl? — Mein Blut schleicht so stockend, so langsam durch die Adern! — Sieh doch! wer geht dort in jener Allee?

Elois. Don Fernando.

Blanka. Fernando? Wir müssen fort!

Elois. Nein! — er ist es nicht.

Blanka. Nicht?

Elois. Es ist sein Bruder, Don Tello.

Blanka. Also nicht Fernando?

Elois. Nein!

Blanka. Nimm deine Laute, Elois — sing etwas. — Ein burgundisches Lied,

Elois. (stimmt.) Das Lied vom Herz?

Blanka. Was du willst!

Elois. (spielt und singt.)

Gabst mir Dein Herzchen
Süß Liebchen mein!
Gabst mir's zum Pfande
Selbst mein zu seyn.

Ich hab's nicht verschenket,
Hab's nicht verspielt,
Hab's nicht verkaufet,
Da ich's erhielt.

Ich hab's genommen,
Vermischt' es fein
Mit meinem Herzen; —
Welches ist Dein?

Siebenter Auftritt.

Vorige. Don Fernando.

Blanka. (springt auf.) Prinz!

Fernando. Ich komme, mich meiner Königin zu empfehlen.

Blanka. Ihr geht mit nach Toledo?

Fernando. Um der Königin das Unangenehme meines Aufenthalts hier zu entziehen.

Blanka. (bestürzt.) Meinetwegen?

Fernando. Mit welchem Herzen ich gehe — kann ich nicht auszudrücken wagen. Des Königs Grausamkeiten wachsen gleich den Köpfen einer Hydra, täglich. Wer weiß, was binnen kurzer Zeit geschieht; wer weiß, ob wir uns wiedersehen. — — Meinem Bruder Heinrich hat der König schändlich beleidigt; er geht nach Frankreich —

Blanka. Nach Frankreich?

Fernando. Zu Euern Brüdern, zu euerm Schwager, dem Könige. Mein Herz gebietet mir, nicht mit ihm zu gehen. Es hält mich in der Nähe meiner Königin, der unglücklichen Gemahlin des grausamsten Königs. — Mein Arm — mein Schwerdt — mein Herz —

Blanka. Fernando!

Fernando. Blanka! erbarmt Euch eines Unglücklichen. Nur ein Wort, und ich fange wieder an zu leben, da mich Euer Kaltsinn täglich dem Grabe näher bringt.

Blanka. Ihr wißt ja — ich bin vermählt, darf keinen lieben, als den grausamen Gemahl —

Fernando. Kann Blanka diesen Unmenschen lieben?

Blanka. Eure unglückliche Leidenschaft bringt uns ins Verderben. Bekämpft sie, gebt den Rath-schlägen Eures Herzens nicht Gehör. — Don Pedro lebt noch — und ich bin seine Gemahlin —

Fernando. Ihr seyd grausamer, als der König mit allen seinen Martern. Ihr verlangt meinen Tod — wohlan! ich kann auch sterben! (fährt nach dem Schwerdte.)

Blanka. (fällt ihn in den Arm.) Prinz!

Fernando. Laßt mich!

Blanka. Fernando!

Fernando. Eure Liebe, oder den Tod! —

Blanka. So sterbt und laßt die unglückliche Blanka ohne Schutz zurück. Seyd so grausam ge-gen die, die Ihr zu lieben vorgebt, und raubt ihr ihren theuersten Freund in Kastilien! —

Fernando. Euer theuerster Freund? bin ich das?

Blanka. Der König haßt mich zwar, aber er quält mein Herz doch nicht mit solchen Un-gestüm.

Fernando. Könnt Ihr mich nicht lieben?

Blanka. (thränend.) Warum wollt Ihr mich in einer andern Gestalt sehen, als Tugend und Pflicht mich Euch im Spiegel meiner Handlungen zeigen? Liebt Ihr mich wirklich, so hört auf, mich zu verfolgen.

Fernando. Blanka gebietet, und ich befolge ihren Befehl. Lebt wohl! (kniet und küßt ihre Hand.) Vergeßt den unglücklichen Fernando nicht, welcher Euch die Stärke seiner Liebe, sein Herz in seiner ganzen Schwäche zeigte, Euch bewundert, und Euch, wie Ihr auch von ihm denken mögt, ewig, ewig, lieben wird.

Blanka. Lebt wohl, theurer Prinz! Die Hoffnung des Wiedersehens —

Fernando. Mein einziges Labsal in kummervoller Einöde, meine einzige Arzenei, wenn das Gift der Abwesenheit an meinem Herzen frißt. Meine Liebe ist treu und ewig!

Achter Auftritt.

Vorige. Maria. Eleonore.

Elois. Maria!

Fernando. (springt auf.)

Blanka. Reiset glücklich!

(ab mit Elois.)

Neunter Auftritt.

Maria. Don Fernando. Eleonore.

Maria. Der Ort war nicht gut gewählt!

Fernando. Zeremonien brauchen keine geheimen Winkel.

Maria. Wer aber nicht so billig denkt als Ihr selbst und Eure Freunde, kann leicht Verdacht schöpfen. Ich selbst, (ironisch.) wüßte ich nicht, daß Ihr mit mir nach Toledo gingt, würde glauben —

Fernando. Ihr erinnert mich, mein Reisegeräthe in Bereitschaft zu halten. (will fort.)

Maria. (hält ihn zurück.) Kein Meer ohne Stürme, keine Liebe ohne Furcht. — Ihr seht,

daß ich billig bin. — Nun kömmt's auf Euch,
Eure Aufführung zu Toledo an. (vertraut.) Wer
sein Uebel verschweigt, beweint es vergebens.
Ihr versteht mich — und, Ihr kennt mich! —

Fernando. (verlegen.) Ich werde nicht reisefertig seyn, wenn Ihr mich länger aufhaltet —

Maria. Ich bin also sehr gelegen gekommen!
Wir Weiber sind nun so. Ich wette, die Königin
hätte Euch auch noch um ein paar Stunden ge-
bracht, wenn ich nicht dazu gekommen wär.
Hahaha! Geht und macht Euch reisefertig. Mit
Tages Anbruch reisen wir.

Fernando. Wie es Euch beliebt! (ab.)

───────

Zehnter Auftritt.
Maria. Eleonore.

Maria. Hahaha! was für klägliche Rollen
doch die wackersten Männer spielen, wenn sie es
mit uns Weibern zu thun haben. Der arme Fernando wird eine üble Nacht haben — Hm!
Lieben mögen sie sich wohl, doch scheint es noch sehr
etikettenmäßig zuzugehen.

Eleonore. Wie bald wird aber nicht die Eti=
kette von der Liebe verdrängt!

Maria. Dazu soll's doch wohl vor der Hand
noch nicht kommen.

Eilfter Auftritt.

Vorige. Don Diego.

Diego. (giebt Eleonoren ein Zeichen, sich zu ent=
fernen.)

(Eleonore ab.)

Maria. Nun? — so geheimnißvoll?

Diego. Der König ist mit dem Grafen Mon=
terrano fort —

Maria. Und — ?

Diego. Zu spät kam ich hinter den Plan die=
ses feinen Schwätzers.

Maria. Der wär?

Diego. Den König durch die Reize seiner
Niece zu bestricken.

Maria. Wie? ist sie nicht im Kloster?

Diego. Nein. — Und Juanna soll ein Muster der Schönheit seyn.

Maria. (bestürzt.) Man sagt's.

Diego. Nur in etwas konnte ich des Grafen Reiseplan stören. Ich habe unsern Bruder Juan mit in des Königs Gefolge gebracht.

Maria. Das ist gut!

Diego. Und jetzt —? Sollten wir schon am Ende unsrer Laufbahn stehen? Welch ein betrügliches Wesen ist das treulose Glück! Es verläßt uns nie eher, als wenn es uns am meisten schmeichelt.

Maria. Nur nicht verzagt. Wer vor dem Unglück die Augen furchtsam schließt, macht's nur dadurch beherzter. — Ich muß Don Fernando fest halten, es koste was es wolle. Bin ich so glücklich, ihn auf meine Seite zu bringen, und der König zieht mir Juanna vor, so stirbt er durch seines Bruders Schwerdt. Mißlingt der Plan, so stirbt der König und sein Bruder durch uns. — Liebt der König Juanna nicht, so muß Fernando sterben, wenn er meine Liebe verschmäht, und ich muß mich rächen.

Diego. Ein großer Plan!

I

Maria. Wir müſſen alles wagen, wenn wir befürchten müſſen, alles zu verlieren. Warum hätte ich die ſchönen Tage meiner Jugend an einen **König verhandelt,** wenn ich gezwungen wär, ſie wieder feil zu bieten, damit ein Geringerer mir ein Spottgebot thät. Nein! Don Pedro glaubſt du, du ſeyſt um dein ſelbſtwillen zu lieben, ſo haſt du dich ſehr geirrt! —

Diego. Es kann uns doch noch fehlen. Ich hätt' es nie geglaubt!

Maria. Ich bin bereit, es komme wie es wolle. — O! Pedro! Erfahrung iſt ein köſtlicher Schatz, aber ſie ſetzt niemand zum Erben ein!

(ab mit Diego.)

Vierter Aufzug,

Toledo.

Erster Auftritt.

(Nacht — Mondschein. Eine Wildniß. In der Ferne eine Eremitage, zu welcher einige Stufen führen. Die Thür der Eremitage ist offen; ein Licht brennt drinne auf einem Tische.)

Don Fernando.

(geht im Vorgrunde des Theaters auf und ab.) O! schwerer Kampf! was wirst du mir noch kosten! und werde ich je die Palme des Siegs erringen? will ich sie erringen? kann ich? Habe ich Muth und Kraft dazu? — Nimmer! — All meine Stärke ist nur ohnmächtige Schwäche, mit der ich mit den brausenden Wogen der Leidenschaften kämpfe, welche dieses kraftlose Herz umspühlen! Ach! dies ist für euch keine gefahrvolle Klippe; keine schäumende Welle springt von diesem Gestade ab; jede läßt, ach! nur allzumerkliche Eindrücke zurück, die ich nur vergebens zu vertilgen suche. Ach! Blanka! Blanka! was erinnert mich nicht an dich, an deine himmlische Güte, an dein unverdientes Leiden. Wer kann dich sehen, ohne dich zu lieben? — Ich hier zu Toledo? kann ich nichts für Blanka thun, als was ihre zärtliche Kammerfrau auch kann — ihr Schicksal beklagen und weinen? O! Kastilianer, zerbrecht eure Schwerdter, da eure Fürsten nicht einmal mehr Muth genug haben, eure, des Vaterlandes und eurer unschuldigen Königin Fesseln zu brechen! — O! es ist schimpflich, gleich einem entnervten Frauendiener zu klagen, im Mondscheine zu wandeln, am Silberbache zu weinen und die Ströme des Tirannenblutes nicht sehen zu können! — Ermanne dich, Fernando, und räche die Unschuld. Wer blutig herrscht, gehe blutig unter!

Zweiter Auftritt.

Don Fernando. Maria.
(im Nachtgewand.)

Fernando. Wer kömmt?

Maria. Ihr erlaubt doch, frommer, trauriger Eremit, daß sich Euch ein Weib naht?

Fernando. Maria! woher so spât um Mit-
ternacht?

Maria. Es wurde mir so enge im Schloſſe,
ich wollte die herrliche Mondnacht genießen, und
kam, ehe ich mir's versah, zu Eurer Eremitage.
Hier muß ich ausruhen, die Wallfahrt hat mich er-
müdet. (setzt sich.) Ich komme Euch doch nicht un-
gelegen?

Fernando. Es ist so spât —

Maria. Wir sind ja beide noch munter.
Setzt Euch zu mir und erzählt mir etwas, — von
einem Könige, der Schwüre und Treue brach.
Ach! was soll ich Euch sagen! Hätte ich Euch eher
gesehen als Euern treulosen Bruder, vielleicht wär
ich glücklicher. Aber jetzt — Fernando —

Fernando. Ich bin Euch nach Toledo gefolgt, und was verlangt Ihr mehr von mir? Ihr
verdient geliebt zu werden — nur mir laßt meinen Kummer.

Maria. Laßt mich meinen Kummer mit dem
Eurigen vereinigen. Ich bin verlaſſen, verachtet,
verstoßen, und bin ein Weib, das, sich zu rächen,
nichts als diese Thränen hat. (steht auf.) Fernando — Euch flehe ich an um Hülfe für mich, für

Blanka.   E

meine und Euers Bruders Kinder. Was können
diese dafür, daß sie Leben und Daseyn von einem
Grausamen erhielten?

Fernando. Laßt sie sterben, daß sie nicht die
Schandthaten ihres Vaters sehen, daß sie nicht
von ihrer Mutter Frevelthaten hören.

Maria. Fernando!

Fernando. Es ist Zeit, Euch einmal offen-
herzig zu sagen, was ich von Euch halte. Euernt-
wegen verbluteten Don Postello, Don Esteno
und der Graf Alterra ihr Leben. Ihr mischtet
Gift für so viele edle Kastilianerinnen, und Eure
geläufige Zunge wetzte des Königs Henkerschwerdt
zum Tode so vieler Großen des Reichs. Und was
der Lasterthaten größte ist, — und Euerntwil-
len vertrauert die edle Königin ihr Leben, wird
beschimpft von dem Könige, und durch die Hände
Eurer wackern Brüder vielleicht noch gemordet.

Maria. Fernando!

Fernando. Keine Seeligkeit für mich, wenn
ich nicht alles glaube, was ich sage.

Maria. So spielt man mit der Löwin, wenn
sie im Netze verstrickt ist.

Fernando. Man verabscheut, man flieht die Schlange, wenn sie auch unter Rosenbüschen ruht.

Maria. Fernando! Könnten nicht Zeiten kommen, wo Ihr alles bereuen müßtet, was Ihr jetzt spracht?

Fernando. Sey es! Es steht ohnehin viel auf dem Spiele. — Mit anbrechendem Tage verlasse ich Toledo —

Maria. Ach Gott! was wird aus mir werden? Ehe Ihr geht, Fernando, habt Ihr nichts mehr für mich — ?

Fernando. Nichts!

Maria. Nicht einen einzigen wohlgemeinten Dolchstich für die Feindin der schönen Blanka? (reist ihr Gewand auf.) Hier! Durchstoß diesen Busen, wo ein unglückliches Herz schlägt.

Fernando. Ich kehre nie den unbefleckten Stahl gegen die Brüste königlicher — Geliebten.

Maria. Ach! Fernando! wie sehr verkennt Ihr mich!

Fernando. Nie habe ich Euch so gut gekannt, als jetzt. — Was seh' ich? Fackeln? Leute?

was ist das? — Verrätherei? — Ist es ein
Anschlag auf mein Leben, so färbe zum erstenmal
sich dieser unentweihte Stahl mit giftigem Natter-
blute! (fährt nach dem Schwerdte.)

Maria. (fällt in seine Arme.) Fernando! schütze
mich! — es ist der König!

Dritter Auftritt.

Vorige. Der König. Don Diego.
Don Emanuel. Pagen.
(mit Fackeln.)

König. Maria in Fernando's Armen?

Emanuel. Maria? ⎱
Juan. Schwester? ⎰

König. Tod und Vernichtung! (fährt nach dem
Schwerdte.)

Fernando. (stößt Marien zurück.) Fort von
mir, schändliches Weib!

Diego. Wie? ⎱
Juan. Fernando? ⎰

Fernando. Schweigt! — Fernando hat nur mit dem Könige zu reden. (tritt ihm näher.) Deine Seele hegt falschen Verdacht gegen mich —

König Schweig!

Fernando. Was hat mir der König zu sagen?

König. Seyd Ihr ein Großmeister des Ordens von St. Jakob? Ist dies Eure Ordensregel, Weiber in Einöden mit buhlerischen Klagen zu locken?

Fernando. Wer that das?

König. (heftig.) Ihr!

Fernando. Ich locke keine Buhlerin!

Diego. Wen meint Ihr?

Fernando. Sie hieß Maria von Padilla, (bitter.) wie sie jetzt heißt, weiß nur der König.

Maria. Das ist zu viel! (wirft sich auf eine Rasenbank.)

Fernando. Daß ich die Ordensgesetze vollkommen gut inne habe, werde ich nächstens beweisen, so, wie es einem Großmeister dieses Ordens gebührt.

König. Ihr seyd der Ehre unwürdig, diese Stelle länger zu begleiten!

Fernando. Ich? Euers Vaters Sohn, unwürdig, Großmeister von St. Jakob zu seyn?

König. Ich kenne Eure Ränke, ich weiß um Eure Aufführung. Reizet meinen Zorn nicht Fernando —

Fernando. Begegnet mir nicht so, König! —

König. Zurück nach Valladolid — verbannt aus meinen Augen —

Fernando. Das kann ich verschmerzen!

König. Ihr seyd der Großmeisterwürde unwürdig.

Fernando. Das Gegentheil weiß Gott und mein Herz.

König. Ihr verdient diese Würde nicht —

Fernando. Dies Schwerdt kann beweisen, daß ich sie verdiene. (mit Beziehung.) Ich war noch nie so sehr darauf bedacht als jetzt, meine Verdienste ins Licht zu setzen, Kastilien zu beweisen, daß ich kein unnützer Sohn des Vaterlandes bin.

König. Was will das sagen?

Fernando. Enträthſelt es Euch ſelbſt.

König. Verräther! Ihr ſeyd Großmeiſter geweſen — Eurer Würde entſetzt! (reißt Fernando'n das Großmeiſterordenskreuz ab.)

Fernando. (taumelt zurück.) So weit — (zieht die Hand vom Schwerdte zurück.) geht nur Don Pedro!

König. Don Juan de Padilla iſt Großmeiſter von St. Jakob —

Juan. Ew. Majeſtät werden ſich gnädigſt erinnern, daß ich verheurathet bin —

König. Ihr ſeyd Großmeiſter. Dies iſt mein Wille.

Juan. Die Geſetze —

König. Ein König iſt über alle Geſetze — und ich bin König! — (giebt ihm das Kreuz.)

Juan. (beugt das Knie und küßt ihm die Hand.)

Fernando. Nach dieſer That kann niemand würdiger das Kreuz beſitzen, als Don Juan de Padilla.

Juan. Gerechter König —

Fernando. Das ſprach Don Juan de Padilla!

Diego. Wer zweifelt an der Wahrheit des Ausrufs tiefer Dankbarkeit gegen seinen gnädigsten König, wenn ihn ein Padilla ausspricht?

Fernando. Keine Seele, welche die von Padilla nicht kennt.

Diego. Prinz! Beleidigungen zu rächen, bin ich eben so edel als Ihr. Ich bin der Sohn des berühmten Don Garcias, der vor Granada —

Fernando. Fiel! — Ihr habt Eure Großmeisterwürde ohne aufgezeigten Ahnenbaum erhalten, — und Euer Bruder ist auch nicht im entgegengesetzten Fall — also laßt Eure Ahnherren ruhig modern. — Doch warum verliere ich noch ein einziges Wort in dieser Gesellschaft — ?

Juan. Wo sich der König selbst befindet?

König. Wie? (winkt Don Juan.)

Juan. Dieser Kühnheit folge die gebührende Strafe — (zieht seinen Dolch.)

Fernando. (zieht das Schwerdt.) Wir sind in keiner Burg — Hier unter Gottes Himmel, wo nur das Recht der Menschheit gilt, entreisset Euer schändliches Bettragen mein Schwerdt der Scheide.

Diego. ⎫
Emanuel. ⎭ (ziehen das Schwerdt.) Hochverrath!

Fernando. Laßt Eure Schwerdter stecken, sie können keines Mannes Auge schauen. War-tet, bis ihr meinen Rücken seht. — Ich zog das Schwerdt nicht gegen den König, ich zog es nur, um dieses wackern Großmeisters Natterstiche abzuwenden. — O! Ihr Ritter von St. Jakob! seht Euern neuen Großmeister mit der Wehre ra-sender Buhlerinnen und heimtückischer Meuchel-mörder! Auf! edle Ritter! werft euern Ordens-schmuck zusammen, daß der jetzige Großmeister einen neuen Heft auf seinen unverrosteten Stahl bekömmt. (schlägt ihm den Dolch aus der Hand.)

König. Verwegener!

Fernando. Ich bin Deines Vaters Sohn! ein Edler Kastiliens. In meinen Adern rollt das Blut Alfonso's. —

König. Aus meinen Augen! Zu Valladolid erwarte Dein Gericht. Meine Räthe mögen rich-ten, das Volk mag sprechen, was ein Rebell wie Du, der vergißt, was er in Gegenwart seines Kö-nigs thut, verdient.

Fernando. Ich fürchte keinen Ausspruch der Kastilianer.

König. Zittre vor meiner Rache!

Fernando. Ich zittre nicht!

Juan. Wie verwegen.

Fernando. Meine Sache ist gerecht, und meine Rechte führt dies Schwerdt. König, Ihr habt mich unendlich beleidigt, und ich fordre Genugthuung. Von dieser Brust reißt keine Hand ein Ordenskreuz mir ungestraft, und wär es auch ein König.

König. (äußerst heftig.) Nochmals! aus meinen Augen!

Fernando. (mit einem verachtenden Blick.) Warum nicht? (bedeutend.) Ich bin Don Fernando, und Kastilien ist mein Vaterland!

(ab.)

Vierter Auftritt.

Vorige.

König. Was wollte er damit sagen?

Emanuel. Ich fürchte Rebellion —

König. (ängstlich und wild.) Rebellion?

Diego. Und ihn an der Spitze der Rebellen.

Emanuel. Zumal, da sein Bruder Heinrich nach Frankreich gegangen ist —

König. Nach Frankreich? ohne meine Erlaubniß?

Juan. Ein strafwürdiges Verbrechen!

König. (bedenklich.) Nach Frankreich?

Diego. Den König und Herzog von Burgund gegen Ew. Majestät aufzuwiegeln.

König. Sie mögen kommen —! auch wir haben Schwerdter.

Juan. Und Leben, sie für Ew. Majestät aber gewiß nicht ungerochen zu verbluten. — Wenn Fernando durch die Rebellion im Reiche, seines Bruders Absichten unterstützt —

König. Er sterbe! — Er und sein Bruder Tello. — Don Juan, trefft Anstalten.

Juan. (mit tiefer Verbeugung, ab.)

König. Ist Blanka nach Siguenza gebracht worden?

Diego. Ich glaube nicht, daß man sich unterstehen wird, gegen Ew. Majestät ausdrückliche Befehle zu handeln.

König. Erkundigt Euch genauer.

(Diego ab.)

König. Don Emanuel, besorgt Verhaftbefehle auf sechs Personen.

Emanuel. Die Namen —?

König. Werde ich selbst schreiben.

(Emanuel ab.)

Fünfter Auftritt.
König. Maria.

König. Und Maria? —

Maria. (fällt ihm zu Füßen.) Mein König und mein Herr! — Sonst — ach! sonst durfte ich traulicher mit dem Manne reden, der mein Herz trotz seiner Wankelmuth, trotz seiner gebrochenen Schwüre, noch ganz besitzt. Maria weicht der glücklichern Juanna, und wünscht dem Könige alles Wohlergehen. Ich werde diese Welt verlassen,

mich in ein Kloster begeben, und den Verlust be-
weinen, der mich, ach! so empfindlich trifft. Bald
wird der Gram mein Leben enden. — Ich habe
für mich hienieden keine Bitte mehr — aber die
unglücklichen Geschöpfe, welchen ein König das
Leben gab, den ich so zärtlich liebe, verdienen Mitleid und Erbarmen. Für diese flehe ich —!

König. Warum nicht in Fernando's Armen?

Maria. Nur die Gewährung meiner Bitte!
nur dies Gnadenwort nicht durch Juanna's Küsse
erstickt —

König. Und Fernando? —

Maria. Der glückliche Geliebte der Königin
seufzt nach der Liebe einer Unglücklichen nicht.

König. Ha! Blanka! — Aber sah ich Euch
nicht hier in Fernando's Armen?

Maria. Mit verstellter Zärtlichkeit entlockte
ich ihm das Geheimniß, um meinem Könige zum
letztenmale, noch ehe ich seinen Hof verließ, zu
dienen —

König. Und das Geheimniß?

Maria. Er liebt die Königin, und wird geliebt.

König. (geht mit Bewegung umher.) Steh auf, Maria!

Maria. Nicht eher, bis mein König mir ver= spricht, für die unschuldigen Pfänder unsrer Liebe —

König. Steh auf Maria! — (hebt sie auf.) Liebst Du mich?

Maria. Mein ganzes Wesen ist für Dich nur Liebe. Mit ganzer Seele hing ich an dem Gelieb= ten, schmiegte mich gefällig in alle seine Launen, küßte seinen Trübsinn ihn oft von der umwölkten Stirn, kannte keinen Willen als den seinigen, gab mich ihm so ganz hin — wurde — ja! ich wurde wieder geliebt. Das Herz dieses Lieben, des Einzigen, in dessen Besitz ich glücklich war, das Alles die= ses armen Herzens, raubte mir Juanna! — Ach! daß sie doch nie mein Leiden fühlen, daß nie eine Glücklichere als sie sich des geliebten Herzens bemächtigen möchte! —

König. Maria!

Maria. Von dem unbegränzten Heere der Wünsche bleibt mir jetzo nur noch ein einziger — so wie es ehemals auch nur der einzige war, von Dir geliebt zu werden.

König. Fürchte nichts mehr von Juanna. — Verzeih dem reuigen Geliebten —

Maria. O! wie willig!

König. Laß ihn wieder fühlen das Glück, von Dir geliebt zu seyn —

Maria. Mein Pedro!

König. Und nimm von neuem die Versicherung seiner ewigen Liebe! (umarmt sie.)

Maria. Es ist ein Traum! und ach! ein süßer Traum, den ich um keine Wirklichkeit vertausche!

Sechster Auftritt.
Vorige   Don Juan.

Juan. Ein Kourier von Ew. Majestät Frau Mutter —

König. (Erbricht den Brief.) Wie? (lesend.) Sie ist nach Portugall geflohen? Sie fürchtet sich vor meiner Grausamkeit? — Grausamkeit? Wer sagt es, daß ich grausam bin?

Juan. Niemand als Rebellen, ungetreue Unterthanen, Aufwiegler und Meuter —

König. Meine eigene Mutter! — Blanka — Fernando — seine Brüder — wohl auch der weise Albuferke —

Juan. Ich zweifle nicht! Seine kreischende Stimme mischt sich nur allzugern in lautes Ge⸗ schrei gegen seinen König.

König. Sie wollen das Volk, Frankreich, Portugall, gegen mich aufhetzen — sie wollen mich vom Throne stürzen. — Nein! das wär zu viel auf einmal! Und noch dazu meine eigene Mutter, mich Grausamkeit zu beschuldigen! — Ha! wenn Ihr noch keine Begriffe von Grau⸗ samkeit habt, so will ich sie Euch beibringen. — O! daß ich König bin.

Juan. Wie glücklich ist Kastilien, von Ew. Majestät Szepter beherrscht zu werden!

König. Gebt mir ein Schwerdt, und nehmt das Szepter hin. Wir sind in unsern Tagen nicht mehr so glücklich, daß ein Volk sich von einem gol⸗ denen Stabe gebieten läßt. Blendet nicht des Schwerdtes Sonnenglanz seine Augen, so achtet's keines königlichen Befehls. — Elendes Loos, das

mir fiel, ein Szepter zu führen. O! diese Szepter!
sie sind gekrönte Bäume, welche statt der Früchte
nur Bemühungen und Mühseligkeiten tragen. Die
weise Natur heischt ihren Pflanzen des Jahrs nur
einmal Früchte ab; von einem Könige fordert jeder
Tag Handlungen.

Juan. Die Gerechtigkeitsliebe Ew. Maj. —

König. Und man nennt mich grausam,
weil ich gerecht bin? — Meine Mutter, meine
Blutsfreunde, alles gegen mich im Bunde! Eure
Verrätherei soll mich nun grausam machen! Dies
erfordert meine eigene Sicherheit. Ja! der geringste
Verdacht soll mich zur Grausamkeit entflammen,
und niemand entrinne dem Schwerdte, der nicht
gehorsam sich zu meinen Füßen beugt!

(ab. — Ihm folgen die Pagen.)

Siebenter Auftritt.

Maria. Don Juan.

Maria. Juanna?

Juan. Wie wär es ihr möglich gewesen, den
König länger zu halten? — Sie reizt, gefällt,

Blanka.   F

und das ist alles! Keinen Plan, keinen Entwurf,
— und kurz, wie so ungefähr, wie jede sogenannte
rechtschaffene Hausfrau ihren theuern Ehegemahl
liebt. — Sie hatte viele Bedenklichkeiten, und
es ging so weit, daß sich der König sogar mit ihr
trauen lassen mußte.

Maria. Mit der Träumerin trauen?

Juan. Er ließ durch zwei erkaufte Bischöffe
seine Heurath mit Blanka für nichtig erklären,
und reichte der edeln Juanna die Hand vor dem
Altare. Durch den Titel einer rechtmäßigen Ge=
mahlin betrogen — beweint sie jetzt ihre Leicht=
gläubigkeit im Kloster.

Maria. Das arme Schäfchen!

Juan. Ihr Oheim, der feine Graf Monter=
rano, sieht, daß mehr als ein glattes Gesicht dazu
gehört, ein königliches Herz länger als auf einen
Monat zu fesseln. — Wir triumphiren wieder! —
Der König? —

Maria. Ist wieder, was er war. — Aber
es hat Mühe gekostet.

Juan. Ein mit Mühe errungener Sieg ist
desto glorreicher.

Maria. Noch wenige Schritte, und am Ziele schaut Ihr dann Eure dankbare Schwester. — Stirbt Fernando, so verliert die Königin ihre Stütze, ihren Rächer. Blanka folgt dem Geliebten, und als Königin umarmt Dich dann Deine Schwester. Und wer noch sagt, daß man ohne Mühe Thronen besteigt, der frage uns, doch nur im Leben nicht, denn dies Herz liegt noch ein wenig verborgen und scheut des Tages Licht, einmal geblendet vom goldenen Stralenschimmer einer Krone.

(Beide ab.)

Fünfter Aufzug.

Siguenza.

Erster Auftritt.

(Vorsaal.)

Don Alfonso.

(aus einem Seitenzimmer.) Eine Nachricht
um die andre, und immer eine schrecklicher als die
andre! Der Wolf würgt, und die Hirten sehen
ruhig ihre Heerde bluten. (liest aus einem Briefe.)
„Der König hat Tag und Nacht keine Ruh.“ —
Glaub's! die Angst reißt Tirannen die Ruh aus
dem Herzen, den Schlaf aus den Augen. (liest.)
„Sein einziger Gedanke ist Mord.“ — Und
niemand, der es wagt, des Wüthrichs Glut in seinem eigenen Blute zu löschen! — Es giebt keinen
Muth mehr, und der hochbelobte Patriotismus ist
Kupplerin der Feigheit geworden. Rette deinen
alten Schädel, Alfonso, weil es noch Zeit ist. —
Nach Portugall zur Königin! (will gehen.)

Zweiter Auftritt.

Don Fernando. Don Alfonso.

Alfonso. Prinz!

Fernando. Kennt Ihr mich noch?

Alfonso. Warum nicht?

Fernando. Und doch fehlt mir ein sehr glänzendes Stück meines Ornats.

Alfonso. Was?

Fernando. Ich war Großmeister des Ritterordens von St. Jakob — ich bin's gewesen!

Alfonso. Wie?

Fernando. Der König riß das Kreuz mir von der Brust —

Alfonso. Der König?

Fernando. Und schenkte es mit sammt der Würde den ehrvergessenen Buben, den Bruder der ehrlosen Buhlerin des Königs, den edlen Don Juan. — Alfonso! wurde je ein Prinz des königlichen Hauses so sehr beschimpft als ich? — Mein Blut tobt heftig — Jetzt beginne dann das große Würfelspiel um Tod und Leben, um Kron' und Reich!

Alfonfo. Es ist abscheulich, wie der König
mit Eid und Versprechen spielt. Wißt Ihr schon,
wie schändlich er das Band der Ehe durch zwei erkaufte Bischöffe trennen ließ, um Juanna de Ka-
ftro seine Hand zu geben?

Fernando. Ich weiß es! Er ist jetzt nicht
mehr Blanka's Gemahl. Er selbst hat sie verläug-
net. Küssen möchte ich den königlichen Schandbuben
für diese That.

Alfonfo. Die Königin weiß alles schon. —
So eben erhielt ich diese Nachricht. Sechs der
Vornehmsten wurden zu Valladolid gestern hinge-
richtet, weil sie, dem Vorgeben nach, die Königin
Mutter zur Flucht beredet haben sollen.

Fernando. Und vorgestern krönte er seine
ungerechten Thaten mit eigener mörderischer Faust.
Der unglückliche König der Mauern, Lorgnes, ver-
trieben aus Granada, flüchtete mit seinen geretteten
Schätzen zum König, begab sich in seinen Schutz
auf Treu und Glauben, und wurde in der Nacht
von ihm ermordet.

Alfonfo. Abscheulich! abscheulich!

Fernando. Don Gabriel von Astano und
Don Felir, sein Bruder, mißbilligten diese grau-

fame ſchändliche That, und verloren ſogleich ihr Leben durch das Henkerſchwerdt. Die edlen Herren von Padilla bekamen ihre Güter.

Alfonſo. Unerhörte Grauſamkeiten!

Fernando. Sollen Kaſtiliens Edle unter den Mordklauen dieſes Tigers ſo geduldig bluten? Nein! bei Gott nicht! Auf den Markt will ich treten, Adel und Volk zuſammenrufen, ſie auf mein Schwerdt ſchwören laſſen, und nebſt meinem Bruder ſie gegen die Miethlinge des Königs führen. Wir fechten für Leben, Freiheit und Vaterland.— Es blute der Tirann!

Alfonſo. Iſt es endlich erwacht in Eurer Bruſt das Heldenfeuer Eures Stammes? Laßt Euch umarmen! — Nehmet mich in Euern Bund —

Fernando. Mein würdigſter Bundesgenoſſe!

Alfonſo. Ich eile nach Valladolid; was Ihr hier thut, thut Alfonſo dort.

Fernando. Noch nicht. Ich habe eine Bitte noch an Euch; eine Bitte, die ich in kein edleres Herz als in das Eurige legen kann: Verlaßt die Königin nicht. Bleibt bei ihr, bis ich ſie außer Ge-

F 4

fahr gebracht habe, denn ich fürchte für ihr
Leben.

Alfonso. Recht so! Ich will bleiben.

Fernando. Noch einmal sprechen will ich sie,
und dann mein Werk beginnen.

Alfonso. Laßt mir das Vergnügen, Euch
selbst zu melden, und die Königin ein wenig vor-
zubereiten. — Prinz! was thät ich nicht für
Euch! Ihr seyd ein würdiger Sohn Eures Vaterlandes, und Alfonso ist stolz, Euch vertraut die
Hand drücken zu dürfen.

(ab.)

Dritter Auftritt.
Don Fernando.

Ach! Blanka! Blanka! was thät ich nicht für
Dich! was unternähm ich nicht, Dich zu retten.
Der König hat Dich und mich beleidigt. Unser
Schicksal fiel in einem Wurfe; es hat uns verbunden — gemeinschaftlich sey unsre Rache. — Entreissen will ich dir, mordgierigem Tieger, das sanfte
duldende Lamm, euern mordsüchtigen Krallen, blut-

gierige Geier, die unschuldige Taube, oder mein Leben verbluten. Schwelge im Taumel deines Glücks,
freudentrunkene Bulin, sinne auf Mord und Tod
mit dem schaamlosen Weibe gepaarter Tirann, Fernando wacht, und wild Rechenschaft von dir for-
dern. — Blanka sey das Losungswort meiner
Rache, und Vaterland und Ehre mein Siegsge-
schrei. Freiheit oder Tod! Der Tirann fällt, oder
die Kastilianer verdienen die Schläge seiner Mord-
geißel auf ewig.

(ab.)

Vierter Auftritt.
(großes Zimmer mit Seiten - und Hinterthüren.)

Blanka. Don Alfonso. Elois.

Alfonso. Und — nicht wahr, er soll kommen?

Elois. Nur noch einmal will er Euch sprechen,
ehe er für Euch in den Tod geht.

Alfonso. Edel ist sein Herz, und Tugend be-
zeichnete immer seinen Wandel.

Blanka. (mit Ueberlegung.) Er komme!
(Alfonso und Elois gehen ab.)

Blanka. Ja! er komme und sehe, daß die Tugend kein Mißtrauen in sich selbst zu setzen braucht. Ist sie nicht ein selbstständiges Wesen? sind nicht alle andre Dinge nur ihr Schatten? nur Folie, um ihren Glanz zu erhöhen? — Tugend braucht keinen Zeugen, als ihren treuesten Freund, ein schuldloses Gewissen. (Sie wirft sich betend vor einem Kruzifix nieder.)

———————

Fünfter Auftritt.
Blanka. Fernando.

Fernando. Sie betet! — Vereinigt euch all meine Seufzer, meine heißesten Wünsche für die sanfte Dulderin, mit ihrer Bitte. Mische auch mein stammelndes Gebet sich in das ihrige, und stehle sich mit dem Lallen dieses Engels himmelwärts, wo ihre reine Seele im Lichtgewande, wie die verklärte Seele einer Heiligen, am Throne der Erhörung bittend liegt.

Blanka. (steht auf.) Was sucht Ihr bei einer Unglücklichen?

Fernando. Kastiliens Königin, ihr zu sagen
— und dies ist die Stimme der Edeln dieses
Reichs — daß ich für ihre Freiheit fechten, daß
ich mein Vaterland von den Grausamkeiten des
Unholds, den man König nennt, befreien werde.
Noch einmal sehen mußte ich Euch), und nun wird
zwiefacher Muth meine Schritte beflügeln, meinen
Arm beleben und mein Schwerdt furchtbar machen.

Blanka. Meinetwegen fließe kein Blut!
Was hat Kastilien für Verbindlichkeit gegen Burgund? Der König hat seine Gemahlin verläug-
net, hat zum zweitenmale sich vermält — ich
bin ja nichts als ein Weib, welcher der König
aus Erbarmen ein Gnadengeld reichen läßt.

Fernando. Ihr seyd Kastiliens Königin,
die gekränkte, beleidigte, edle Blanka, für welche
jeder Edle sein Schwerdt ziehen wird, ihre
Schmach zu rächen. Die Kastilianer lieben ihre
Königin, und verabscheuen den, der sich ihrer König nennt. Dieser Unmensch läßt Euch hieher
bringen, um Euch vor den Augen des aufgebrach-
ten Volkes zu verbergen, damit Euer Anblick ihre
erhitzten Gemüther nicht mit Wuth entflamme
Hier wird er Euch gefangen halten.

Blanka. Unschuld fürchtet nicht Ketten und Kerker —

Fernando. Fürchtet alles —

Blanka. Für Euer Leben, wenn Ihr hier länger verweilt.

Fernando. Ihr gebietet mir zu gehen?

Blanka. Ich achte nicht die Gefahr, die mir droht, aber ich zittre vor der, in welcher Ihr Euch befindet.

Fernando. Was ist Gefahr für mich, wenn ich Euch derselben zu entreissen suche! Ich würde dieses Reich verlassen, wenn ich meine Königin nicht hülflos und der Wuth eines Grausamen überlassen säh, der nie das Glück verdient, ein Kleinod zu besitzen, welches seinen Werth in einem andern Herzen als in dem seinigen erhalten muß: — Dieses Herz hat Treue, unverletzliche Treue, bis in den Tod Euch zugeschworen, und wird sie gewiß unverbrüchlich halten. Keine Zeit, kein Unglück wird mir den Trost rauben, Theilnehmung in Euern Augen, Empfindung in Euern Blicken zu lesen. Blanka! könnte ich mich irren?

Blanka. Es ist besser, wir sehen uns nicht wieder.

Fernando. Nicht wieder? — Ahndungs-
volle Worte! Ja! auch mein Herz sagt es mir;
wir sehen uns nicht wieder. — Wenn es denn
zum letztenmale war, daß mir das Glück Euch
zu sprechen vergönnte, so lebt wohl, und gedenket
des Unglücklichen, dessen einziger, heißester Wunsch
hienieden der Besitz eines Gutes war, welches
das Schicksal einem Unwürdigen bestimmte.

Blanka. Fernando — es ist umsonst —

Fernando. Ich will dulden und leiden,
aber Euch will ich rächen, und mein letzter Seufzer, wenn mein Geist sich dieser Hülle entreißt,
wird der Name der Geliebten seyn, für die ich
willig in den Tod gehe!

Blanka. Ach! — Fernando! —

Fernando. Ewig wird dieses unglückliche
Herz für Euch schlagen, und der Geliebten getreu, wird es brechen, wenn die Stunde meines
Scheidens sich naht! — Lebt wohl! (geht einige
Schritte — wendet um.) Noch diesen Händedruck. —
All meine Gefühle für Euch vereinigen sich darinn;
meine Seele nahe sich mit demselben der engel-
reinen Seele der Geliebten. — Und nun — so
sey es! Blanka! Freiheit oder Tod! Lebt wohl!

———————

Sechster Auftritt.

Vorige. Elois.

Elois. Der König!

Fernando. Der König?

Blanka. Rettet Euch!

Fernando. Sollte es zum letztenmale gewesen seyn! — ist es doch, als könnte ich nicht
von hinnen.

Elois. Kommt mit mir — über die Gallerie — durch die Hinterthür —

Blanka. Eilet!

Fernando. Ja! ja! es war zum letztenmale! Wir sehen uns nie wieder.

Blanka. Gott! (stürzt auf einen Stuhl.)

Fernando. (fällt nieder und küßt ihre Hand.) Ver-
zeihung! — Es ist wahrlich zum letztenmal. —
Ich komme nicht wieder — ich seufze nie wieder zu diesen Füßen —

Blanka. Wir sind beide unglücklich! jeder
Augenblick Verzug ist gewisser Tod.

Fernando. Sey er's! Ich sterbe gern!
In diesem Herzen ruht mein Himmel, und meine
Seeligkeit ist die Liebe meiner Blanka.

Elois. Um Gotteswillen! zaudert nicht, die Königin ist in Gefahr!

Fernando. Dies Wort riß mich aus allen Himmeln! — (springt auf.) Blanka! Blanka! gedenk meiner Worte: ich liebe Dich — und sagte es Dir zum letztenmale.

(ab mit Elois.)

Blanka. Verzeih, o Himmel! mir, daß ich den edeln Mann nicht hassen kann. Geduldig will ich alle meine Schulden büßen, Vergebung nur für ihn.

Siebenter Auftritt.

Blanka. Don Alfonso.

Alfonso. Ist denn Fernando schon in Si. cherheit?

Blanka. Ich hoffe!

Alfonso. Der König kömmt! Nur ruhig. Es koste meinen alten Kopf, was kann es weiter kosten? sonst krümmt er Euch kein Haar.

Achter Auftritt.

Vorige. König. Maria.

König. Wo ist Fernando?

Alfonso. Vor einer Stunde fort von hier.

König. Vor einer Stunde? Das ist nicht wahr!

Alfonso. So ist's eine Lüge.

König. Mir ist man Wahrheit schuldig.

Alfonso. Und wenn Ihr sie nicht haben wollt, bezahlt man Euch mit Unwahrheit.

König. Hier ist der Sammelplatz der Rebellion. — Blanka — Fernando — und Ihr!

Alfonso. Der König nannte mich schon mehr als einmal seinen getreuesten Diener, jetzt nennt er mich einen Rebellen — wie sich die Zeiten ändern!

König. Eure Kaltblütigkeit beleidigt mich.

Alfonso. Wer ruhig seyn kann, bleibt bei Fassung.

König Und die Königin läßt sich in Verschwörung gegen ihren Gemahl ein?

Alfonso. Gemahl? Man glaubt, Ihr wärt noch einmal anderswo vermählt.

König. Ihr schweigt! und für Eure Verwegenheit entseze ich Euch hiermit aller Eurer Aemter —

Alfonso. Ich danke unterthänigst für die große Gnade.

König. Ihr dankt?

Alfonso. Wer sollte nicht danken, wenn er sein Kreuz los wird?

Maria. Sehr wizig, Herr Exminister!

Alfonso. Immer besser, ein ehrlicher Exminister unter einer solchen Regierung, als eine Dame wie Ihr, in Aktivität zu seyn!

König. Euer leztes Wort in meiner Gegenwart. Euer Urtheil als Verräther erwartet Ihr, Fernando und dort die heimliche Bosheit in Gestalt der heiligen Unschuld selbst, vor dem Gericht.

Blanka. Ich hasse die Verstellung! — Und nie fiel es mir ein, mich gegen meinen König zu verschwören.

König. Eure Verbrechen sind offenbar!

Blanka. Verbrechen, das weiß Gott! beging ich nie —

Maria. O! sie ist so unschuldig wie ein gefallener Engel!   -

Blanka. Ihr sprecht mit einer Fürstin aus Burgund.

Maria. Diese Nachricht spart, Euer Vaterland verrathet Eure Galanterie —

König. Wir haben Beweise.

Blanka. Beweise?

Neunter Auftritt.

Vorige. Don Juan. (im Ornat als Großmeister von St. Jakob.)

Juan Gnädigster König! Der päpstliche Legat ließ gegen Euch ein Interdikt ausgehen. Ihr seyd erkommunizirt —

König. Und er ist ein Narr. Ich lache seines Interdikts. Sein Uebermuth kostet ihm den Kopf.

Juan. Es ist der päpstliche Legat! —

König. So henkt ihn! — Kein Pfaffe soll sich bei Lebensstrafe unterstehen, gegen das Volk Gebrauch von dem Interdikt zu machen. Hochverrath, wer Erkommunikation spricht, Todesstrafe, wer sich merken läßt, er sey von der Gültigkeit des Interdikts überzeugt.

(Man hört ein fernes Gefecht hinter der Szene.)

Juan. Was ist das?

König. Gefecht? — Heda! was giebt's?

———

Zehnter Auftritt.

Vorige. Don Emanuel.

Emanuel. Den Tello — Den Fernando
Gefecht in der Gallerie —

König. Fernando? — Rebellion! (zieht das
Schwerdt.) Auf, Don Juan!

(ab mit Juan und Emanuel.)

Maria. Sterben muß ich ihn sehen!

(ab.)

Alfonso. Fernando!

(ab.)

Eilfter Auftritt.

Blanka.

O! Fernando! Fernando! Du gehſt zu raſch
zu Werke! — — Schickſal, warum warfſt du
mir eine Krone zu? O goldene Laſt, die
mich zu Boden drückt! Als ich mein Haar noch
mit friſchen Blumen kränzte, da ſeufzt' ich nie,
und mit dem ſchimmernden Diadem umgeben,
trüben den flimmernden Schmuck mit jedem Morgen Thränen!

Zwölfter Auftritt.

Blanka. Elois.

Elois. (kömmt bleich, ängstlich und zerstört herein.)
Meine Königin!

Blanka. Was ist es?

Elois. Darf ich's sagen?

Blanka. Rede! ich kenne nur eine schreck-
liche Nachricht. — Fernando — ist todt?

Elois. Todt!

Blanka. Fernando!

Elois Meuchelmörder fielen ihm an. Sein
Bruder sprang herbei, und stürzte rückwärts
durchbohrt nieder. Fernando focht wie ein Löwe.
Er unterlag der Uebermacht, fiel, und sein letztes
Wort war: Blanka!

Blanka. Todt? Fernando todt? (weinend.)
Wir werden uns wiedersehen, dort, wo kein Auge
thränt, wo wir keine Tirannen zu fürchten haben.
Bald wird die unglückliche Blanka bei dir und glücklich seyn; dir folgen, und in einer bessern Welt dich
wiedersehen.

Elois. O! meine Königin!

Blanka. (wirft ihr Diadem ab.) Schlingt mir
die Krone der Vollendung um das Haupt, und

vergönnt mir, glücklicher zu seyn, als ich hienieden war. (stürzt vor dem Krucifix nieder.) Fernando! Fernando! wie wohl ist dir!

———

Dreizehnter Auftritt.

Vorige. König. Maria. Don Juan.

König. Sie scheint zu beten! Ha! die Heuchlerin! So hüllt sich das Laster ins Gewand der Frömmigkeit! (reißt sie auf.) Blanka! Ihr habt Pflicht und Treue gebrochen. Des sterbenden Fernando Bekenntniß klagt Euch an.

Blanka. Das that Fernando nicht — das konnte er nicht thun! Mit einer Unwahrheit stiehlt keines Edeln Seele sich aus dieser Welt. Er war ein edler Mann. Fluch über seine Verläumder und Mörder!

König. Diese Heftigkeit ist Verrätherei Eurer strafbaren Bekanntschaft.

Blanka. Gott weiß es, der mein Herz kennt, daß dies eine falsche Beschuldigung ist.

König Eure falschen Betheurungen erschwe-
ren Euer Verbrechen. Ihr seyd des Hochverraths,
des Ehebruchs schuldig.

Blanka. Gott und die Welt weiß es, wer
von uns beiden Recht hat, so zu sprechen.

König. Wie? spricht man so mit m i r?

Blanka. (mit Würde.) Mit jedem ungerechten Richter. Meine Brüder, Kastiliens Edle, mögen über mich und mein Betragen richten. Dies
sind die Richter, welche ich auf Erden erkennen kann.
Mein Richterstuhl, ist mein Gewissen. — Burgunds Fürstinnen sind keine gemeinen Weiber.
Mich hat kein Kronenschimmer nach Kastilien ge-
lockt. Ihr habt Euch um meine Hand beworben.
Geduldig habe ich alle Beleidigungen ertragen —
jetzt werde ich keine mehr erdulden. (hebt das Diadem auf.) Hier ist das trügerische Kleinod — laßt
mich nach Burgund zurück.

König. Die Besitzerinnen dieses Schmuckes
erwarten ihr Urtheil in dem Lande, wo sie ihn
trugen.

Blanka. Urtheil?

König. Urtheil und Bestrafung. Euer Richter ist der König, von ihm hängt Euer Schicksal ab.

Vierzehnter Auftritt

Vorige. Don Diego.

Diego. Ein Kourier überbringt die sichere Nachricht, daß Don Heinrich mit einem französischen Heere sich Kastilien nahe.

König. Der unwiderlegbarste Beweis der Verschwörung gegen mich und mein Reich. Ich kenne Eure Ränke —

Blanka. Schickt mich dem Heere entgegen — ich will Frieden stiften —

König. Kastiliens König erbettelt keinen Frieden durch ein Weib. Wir haben auch Schwerdter, und so weit hat es Frankreich noch nicht gebracht, daß Pedro schon vor den Namen seiner Krieger zittern sollte!

———

Funfzehnter Auftritt.

Vorige. Don Emanuel.

Emanuel. Ein Bote meldet, daß die Par-
thie des verstorbenen Lorgues endlich in Granada
gesiegt habe, und jetzt zieht ein Heer nach Euerm
Reiche, den Tod des Königs zu rächen. Eure Unterthanen bitten um schleunige Hülfe.

König. Tod und Verderben! Auch die
Mauern gegen mich aufzuwiegeln! —

Blanka. Wer dies that, weiß der König
am besten.

König. Schweigt, heimtückische Verräthe-
rin! — Man soll die Waffen ergreifen. Ich
fechte gegen Heinrich — Diego gegen die
Mauern. Ihr, Don Juan, wißt meinen Willen
in Absicht der Königin. Euer Kopf haftet mir für
die Erfüllung desselben. — Man liebt mich nicht,
man soll mich fürchten!

(ab mit Diego und Emanuel.)

Sechszehnter Auftritt.

Blanka. Maria. Elois. Don Juan.

Blanka. Was hat Euch der König befohlen?

Maria. (zieht ein Fläschchen hervor.) Eine kleine Arzenei —

Blanka. (zitternd) Gift!

Maria. Verhaltet Euch ruhig. (schenkt in einem Becher.) Dies trinkt. Es ist des Königs Wille. — Ihr werdet Euch Euers schönen Gürtels erinnern. Es ist Euch nicht gelungen. Burgund wird ohne Erbschaft abziehen. Gift für Gift!

Blanka. Was sprecht Ihr?

Maria. Was jedermann weiß, daß der Gürtel von Euch vergiftet war.

Blanka. Jedes Wort in deinem Munde ist dir für einer Lüge so feil, als deine Liebkosungen um ein paar Realen.

Maria. Schüttet Eure Galle nur aus. Unschuld duldet und schweigt.

Blanka. Entweiht dieses Wort nicht! In Euerm Munde hat es keinen Sinn, und erröthen müßt Ihr, wenn man Euch daran erinnert. Sün-

derin! wie stehst du da? so stehe mir einst zur
Seite vor Gottes Richterstuhl.

Juan. Haltet uns nicht auf. — Trinkt
Ihr nicht, so muß ich Euch niederstoßen —
(zieht das Schwerdt.)

Blanka. Meuchelmord und Verrätherei schlug
seinen Sitz in Kastilien auf, vergiftete die Herzen
und machte den König zum Tirannen.

Maria. Ereifert Euch nicht! — trinkt!

Blanka. Ja! ich kann sterben! Unschuld
fürchtet den Tod nicht! (nimmt den Becher und kniet
nieder.) Du weißt es, zu dem ich jetzt meine
Augen aufhebe, daß ich schuldlos bin. Diese Grausamen morden mich, und ich vergebe ihnen. (steht
auf.) Elois! — Leb wohl! einzige Freundin in diesem unwirthlichen Lande, vergiß deine Blanka
nicht —

Elois. Laßt mich mit Euch sterben!

Blanka. Nein! geh heim und warne burgun-
dische Mädchen vor Kastilien —

Juan. Trinkt! (setzt ihr das Schwerdt in die Seite.)

Blanka. (trinkt.) Ach! (giebt ihm den Becher.)
Hier! (setzt sich nieder.) Es ist geschehen!

Elois. (Kniet weinend vor ihr nieder.) Ach! meine Königin!

Juan. Ich habe meine Pflicht gethan! (ab.)

Blanka. Ich vergebe Euch!

Siebenzehnter Auftritt.

Blanka. Maria. Elois. Don Alfonso.

Alfonso. Was ist der Königin? Erheitert Euch! — Don Heinrich kömmt mit einem Heer. Euer Bruder hat die tapfersten Ritter Burgunds unter seinen Fahnen versammelt, selbst der berühmte Bertrand von Gueselin folgt dem Heere. — Fernando's Tod wird gerächt, und Blanka wird mit allen ihren Freunden glücklich!

Blanka. Es ist zu spät!

Alfonso. Zu spät? — Gott! was ist geschehen?

Maria. (zeigt auf den Becher.) Der König rächte seine Schmach an der ehrvergessenen Königin —

Alfonso. Weib!

Maria. Sie bekam Gift! (ab.)

Alfonso. Gift? (zieht das Schwerdt.) Gift? Von dir, Buhlerin? Sündige nur fort auf Gottes Barmherzigkeit und Gnade! — Königin! Gift? sagt, ist es wahr?

Blanka. So ist es!

Alfonso. Gott!

Blanka. Lebt wohl! — sagt meinem Bruder — er soll zurückgehen — nach Burgund — ich verzeihe — dem Könige —

Alfonso. Nein! bei Gott! das soll er nicht! — Der König büße zehnfach sein Verbrechen, die Unschuld gemordet zu haben. Tirannenblut benetze Kastiliens Gefilde, oder die Nachwelt nenne meinen Namen mit Verachtung. — O! es ist schändlich! solch eine gute Königin zu morden! Weg mit dem Namen des mordsüchtigen Tiegers, Pedro sey hinfort der Name dieses Unthiers!

(stürzt ab.)